KB160389

과거의 나와
마주하고서야

비로소
성장할 수 있었다

과거의 나와 마주하고서야
비로소 성장할 수 있었다

초판인쇄 2020년 08월 14일
초판발행 2020년 08월 14일

지은이 먼지
펴낸이 채종준
펴낸곳 한국학술정보(주)
주소 경기도 파주시 회동길 230 (문발동 513-5)
전화 031) 908-3181(대표)
팩스 031) 908-3189
홈페이지 http://ebook.kstudy.com
전자우편 출판사업부 publish@kstudy.com
등록 제일산-115호(2000. 6. 19)

ISBN 979-11-6603-044-4 03810 (Paper Book)

거의 나와
주하고서야

로소
장할 수 있었다

먼지 지음

이담
Books

시작하면서

나는 내 이름을 알기 전부터 '가난'이 주는 아픔과 그 부가적인 고통을 배웠다. 돈이 있고 없음으로 해서 어른들이 아이에게 줄 수 있는 거의 모든 정서적 학대를 오롯이 받았다.

어쩌면 익숙해져서 슬픔이 슬픔인지 모르고, 아픔이 아픔인지 모르는 이 순간에도 고통 받고 있을 많은 아이들에게 나의 개인적인 경험들이 단 한 숨이라도 위로가 되었으면 한다.

나이를 먹었다고 어른이 아님을 나는 이제 아는 나이가 되었다. 매스컴에선 학대로 숨지고 다친 아이들의 사연들이 나의 심장을 아프게 한다. 우리는 신데렐라나 백설공주의 계모에 익숙해져 정작 친부모가 저지르고 있는 많은 잘못에는 관대하고, 사회적인 통념이나 개인적인 사유를 들어 너무 쉽게 용서하라고 한다.

나 역시 그랬었다. 그 때는 다들 먹고 살기 힘들어서 그랬다고. 너가 너무 야박하게 부모의 잘잘못을 따지는 게 아니냐고! 주변에선 그렇게 나의 과거들을 아무렇지도 않게 하나의 해프닝으로 치부했었다.

아니다. 내가 만일 내가 받은 만큼 줄 수 있었다면, 나는 보다 더 큰 벌을 주었을 것이다. 단지, 나는 내가 그렇게 살았다는 것을 곱씹고 나 자신을 스스로 위로하며 어린 나에게 수고했다는 말을 하기 위해 과거의 아픔을 꺼냈을 뿐이다.

판도라의 상자처럼 맨 밑바닥에 희망은 없었다. 다만, 나의 우울과 분노를 걷어내고 앞으로 살아가야 할 이유를 찾았음에 만족한다.

누군가에게 이렇게 디테일하게 말해 본 적도 없는 나의 소소한 일상과 어린 시절의 학대들이 부끄럽기도 하고, 때론 아프기도 했다. 그래서 나는 나의 이름을 '먼지'로 지었다. 늘 죽음을 생각하면서, 화장터를 나온 나의 육신이 타고 남은 재는 먼지와 바람으로 흩어져 어떤 흔적도 남기지 않길 바라는 나의 소망대로 나는 앞으로 '먼지'로 불리길 바란다.

목차

미역국

나는 어렸을 때부터 잘 먹지 않았다. 식욕도 없을뿐더러 딱히 먹고 싶은 것도 없었고 음식의 의미도 잘 알지 못했다. 정확히 얘기하면 하루에 삼시세 끼를 먹지 않았다. 음식을 먹을 때가 무엇보다 싫었다. 매 식사 때마다 아버지와 어머니는 다퉜다. 아니 매 순간을 다투고 싸웠지만, 밥을 먹을 때도 싸웠다는 게 더 정확한 표현이겠다.

그 날은 겨울이었다. 바깥에서 부는 바람소리가 방 안까지 들리는 겨울밤이었다. 갈색 작은 밥상에는 미역국과 찹쌀밥이 있었고, 나물과 생선도 있었다. 밥을 먹는데, 갑자기 욕이 날아오고 밥상이 날아갔다. 날아간 밥상의 밥그릇이 널뛰기를 했는지 낮은 천장에 형광등이 깨졌고, 그릇 깨지는 소리와 형광등이 나가서 깜깜한 어둠이 내려앉았다. 영화나 드라마로 치면 회색빛 배경화면에 더해지는 헤비메탈 사운드 같은 느낌이랄까? 영화나 드라마에선 이런 경우 대부분 먹고 살기는 힘들지만, 단란한 가족을 표현하곤 하지만 현실은 전혀 그렇지 않다.

나와 동생은 너무 놀라서 울었던 것 같다. 그리고 아버지의 쌍욕은 계속되었다. 날아 온 미역국의 일부가 내 허벅지에 쏟아졌고 뜨거운 열기와 비릿

한 미역의 향이 코를 찔렀다. 아버지는 자신의 밥에 어머니의 머리카락이 들어갔다고 화가 나 있었다. 그것이 나의 생애 첫 기억이다. 네다섯 살 정도였던 것 같다.

나는 미역국이 싫다. 아니 그 첫 기억이 싫다. 그 날은 아버지의 생일이었다. 겨울에 태어난 아버지는 자신의 생일에도 화를 냈고, 항상 싸움닭 같았다. 나는 단 한 번도 아버지에게서 따뜻함을 느껴보지 못했다. 그리고 지금은 세상에 없지만, 그가 그립지 않다.

사십대 중반인 지금도 나는 미역국을 먹지 않는다. 나는 내 생일에도 미역국을 먹지 않고, 출산 후에도 미역국을 먹지 않았다. 이런 식성 덕에 출산 후에 소식을 해서인지 난 산후조리원을 나오기도 전에 임신 전 체중으로 돌아올 수 있었다고 나름 자부심을 갖고 있다. 애써 포장하고 있지만, 입맛이 쓰다.

대학원에 입학한 후 처음 받은 과제는 생애 첫 기억을 되짚어 내는 레포트였다. 나의 첫 생애 첫 기억은 그렇게 판도라의 상자를 빠져 나왔다. 그렇게 나는 내가 우울하고 어두운 이유를 스스로 알게 되었다. 아주 뼈저리게 말이다.
나는 어린 시절의 기억을 보다 상세하게 기록하면서 나의 기억이 덧붙여지거나 빠진 부분이 있어서 왜곡되지 않았는지 궁금해졌다. 그래서 어느 날 어머니에게 물었다. 내 기억이 맞는지를. 지금도 기억한다, 그 때 어머니가 한 말을.

"독한 년 그걸 어떻게 기억하고 있지? 니가 그래서 욕을 들어 먹는 거다. 나쁜 것만 기억하고, 지 애비 닮아서 안 좋은 것만 기억하고. 쯧쯧."

그래서 나는 나의 생애 첫 기억이 틀리지 않았음을 확신하게 되었다. 늘 듣던 대로 나는 또 독한 년이 되었지만 말이다.

　나는 그날 다이어리에 적었다. 내가 만약 부모가 되어 내 아이가 이런 부정적인 일들에 대해 기억한다면, 정말 미안하다고, '네가 그렇게 아프고 힘들 줄 몰랐어. 정말 미안하다. 좋은 기억을 남겨주지 못해서 말이야'라고 진심으로 사과를 할 거라고.

　그 날은 정말 슬펐던 하루였다. 내가 좋아하던 책을 읽어도 눈에 들어오지 않았고, 음악을 들어도 감정의 찌꺼기들이 덕지덕지 붙어서 나를 괴롭혔다. 나는 무작정 걸었고, 허기가 느껴졌을 때 들어간 분식집에서 매운 떡볶이와 눅눅하고 기름진 튀김을 먹었던 기억이 난다. 그리고 셀프위로를 했다. 넌 잘 견뎌냈다고. 그리고 이 기억을 떠올리는 지금도 나는 나에게 토닥토닥 위로를 건넨다. 잘 견뎌냈다고. 잘 했어. 정말 수고했어.

망각의 오류

▼

밤새 악몽에 시달렸다. 나의 꿈은 항상 저저분한 화장실이 나오고 화장실을 찾지 못해 이곳저곳을 헤매다 결국 지저분한 화장실에 들어가서 미간을 찌푸리며 볼일을 본다. 그러나 그 주변 환경이 너무 더럽고 지저분해 항상 속이 울렁거리고 메스껍다. 왜냐하면 주로 재래식 화장실이 나오기 때문이다.

어렸을 땐 눈을 뜨고 있는 현실이 싫어서 아무 생각 없이 자고 싶어서 정말 많이 잤었던 것 같다. 우울증인 사람들이 많이 자거나 너무 자지 않거나 하듯이 말이다. 그러나 그건 나의 바람일 뿐 꿈에서 조차도 언제나 주변상황은 더럽고 우울하고 짜증나는 상황이 많아서 몇 번이나 잠을 자기 전에 되뇌였다. 내일 아침엔 제발 눈을 뜨지 않게 해달라고, 보이지 않는 신에게 기도했었다. 그냥 자면서 죽게 해 달라고 빌었었다. 어김없이 아침이 오고 눈을 뜬 이후엔 또 반복적이고 지루한 삶이 지속되었지만 말이다.

나는 스무 살 이후 쉼 없이 일을 했다. 알바도 하고 직장생활도 하고 정말 쉼 없이 일을 하고 일을 그만두기가 무섭게 또 일을 해야만 했다. 왜냐하면 집이 가난했고 나의 부모는 그 가난을 아낌없이 나에게 실감케 했고 나는 처절하게 견뎌내야 했기 때문이다. 낮엔 쉼 없이 살기 위해 일을 하고 잠자리

들면서 죽길 바라는 이 아이러니한 삶이 너무 싫었다. 그러나 수면제가 영화나 드라마처럼 사람을 쉽게 죽이지 않는 사실을 몸소 체험한 이후 삶을 견뎌내고 그렇게 불행이 덕지덕지 붙어있는 만성질환자가 된 것 같다.

돌이켜보건대, 나의 10대는 불행했었고,
나의 20대는 불안했었고,
나의 30대는 불운했었다.

그리고 지금 이 글을 쓰는 40대는 여전히 불분명하지만, 불행과 불안과 불운은 아닌 듯하다. 그래서 새삼 내가 견딤으로써 이 불행과 불안과 불운이 떠나간 것인지 아니면 만성질환처럼 내 삶의 일부가 되어 그냥 살아가는 것인지 헷갈릴 때가 있다. 그럼에도 불구하고 지금 내 삶의 주체는 그 누구도 아닌 나 자신임을 알고 있으므로 괜찮다. 내 자신에게 '괜찮다'라고 말해준다. 괜찮다. 아니 괜찮아졌다.

밀양쌀집

그 날은 1월 말에서 2월쯤이었다. 겨울이었고 유독 추운 날이었다. 할머니가 돌아가신 그 겨울엔 유독 추웠었다. 눈이 잘 내리지 않는 부산에 함박눈이 내렸었고, 함박눈이 녹기도 전에 할머니가 누워계신 상여가 나간 기억이난다.

할머니가 돌아가시고 가난했었던 집의 경제적 사정은 더 어려워졌다. 바람소리가 들리는 추운 겨울밤, 아버지와 어머니는 나를 불러서 심부름을 시켰다. 밀양쌀집에 가서 쌀을 한 봉투만 가져오라고 했다. 물론 외상으로 말이다. 그 당시에 내 나이가 여섯 살 정도였다. 나는 외상이 무엇인지 몰랐지만, 돈을 주지 않고 가져오라는 의미로 받아들였다. 밀양쌀집까지 가는 거리는 몇 분 걸리지 않았지만, 춥고 어둡고 바람소리도 나는 곳을 여섯 살 소녀가 걷기엔 마음으로 먼 거리였다.

걷다가 불현 듯 하늘을 봤는데, 그 때 봤던 하늘엔 까만 하늘에 정말 큰 보름달이 있었다. 그래서 보름달은 지금도 나에게 슬픈 단어다. 하늘을 보다가 목이 아파 바닥을 보니, 양말도 신지 않는 나의 맨발이 빨간색 슬리퍼에 걸쳐져 있었다. 추워서인지 양말을 신지 않아서인지 발이 더 하얗게 느껴졌다.

 동네에 하나밖에 없는 밀양쌀집에 들어서자, 드르륵 가게 안의 방문이 열리고, 파마머리에 살이 찌고, 표정은 항상 화가 나 있는 듯한 주인아주머니가 나왔다. 나는 "엄마가 쌀 한 봉투만 달래요"라고 말했다.

 아주머니는 나의 얼굴을 한 번 훑어보고는 "돈은?"이라고 짧게 쏘아붙였다. 나는 죄인이 되어 고개를 숙이고 "외상이래요"라는 내 대답이 끝나기가 무섭게 "니네 집은 그 놈의 외상이 왜 그리 많아!"라며, 쌀이 가득한 빨간 고무대야에서 나무곽에 한 번 쌀을 퍼 담아 누런 봉투에 넣어 내 품에 던져주며, 날 힐끗 쳐다보았다. 나는 대역죄인이 되어 "안녕히 계세요" 인사를 하고 쌀집을 나왔다. 그리고 집까지 가는 내내 하늘도 내 발도 보지 않고 앞만 보고 갔다. 집까지 어떻게 왔는지 기억나지 않는다. 다만, 밀양쌀집 주인아주머니가 나를 쳐다보는 그 눈빛이 너무 싫었다.

 나이가 들어 소설책을 읽는데, '모멸감'이란 단어가 나왔다. 나는 그 단어를 국어사전에서 굳이 찾아보지 않았다. 소설의 전후 내용으로 봤을 때 어떤 의미인지를 너무 잘 알겠기에. 나는 지금 '모멸감'이란 단어를 이렇게 기억한다. '밀양쌀집'이라고 말이다.

 밀양쌀집의 외상값은 띄엄띄엄 갚았던 걸로 기억한다. 그러나 그 이후에도 몇 번 더 외상 쌀 심부름을 했었다. 운이 좋으면 쌀집아주머니가 아니라 그 집 아저씨나 그 집 딸이 쌀을 주곤 했는데, 그럴 땐 모멸감을 많이 느끼지 않았다.
 그럼에도 불구하고 그 심부름은 정말 싫었다. 외상 심부름은 나를 보냈고, 돈이 있을 때나 외상값을 갚을 때는 어머니가 갔다. 그래서 생각했었다. 나는 외상 쌀심부름을 하는 아이라고 말이다.

내 자신을 돌아봐도 나란 아이는 감수성이 풍부한 아이였다.

예민하고 감수성이 풍부한 아이가 감당하기에 그 감정은 매우 아픈 감정이었다. 그건 슬픔이나 고통과는 결이 다른 감정이라 생각한다. 마치 나를 구석에 몰아넣고 송곳으로 찌르는 그런 기분이었다.

세월이 많이 흘러 벌서 40년쯤 전의 일이지만, 가끔 꿈에도 나오는 걸 보면 그 기억은 참 아픈 기억이었던 것 같다. 나는 지금도 외상을 싫어한다. 그리고 아이를 키우면서 어린 시절의 나를 떠올리기도 한다. 그리고 참 아프고 힘들었을 어린 나에게 위로를 보낸다.

어린 시절 기억 중에 몇 개쯤은 행복한 기억을 갖고 싶다. 행복했던 기억을 안고 이 세상을 떠나고 싶은데, 그런 기억이 많지 않다. 밥을 굶지 않고 누군가에게 비굴하게 '외상이오'라고 고개를 숙이지 않아도 된다는 것에 스스로를 위로하며 살고 있는 지금…….

아르바이트를 하고 일을 하게 되면서부터 나는 어떤 것이든 외상이 싫었다. 공과금이나 각종 세금들조차도 밀리는 게 싫었고, 납기 후에 내는 것은 죽는 것보다 싫었다. 공과금 날짜가 가까워오면 가슴이 답답하고 숨이 막혔다. 마치 밀양쌀집 주인아주머니가 내 옆에서 계속 나를 째려보고 있는 것 같았다. 그 느낌이 너무 싫어서 납기일 며칠 전에 내는 것이 습관이 되었다. 이 슬프고 아픈 습관은 지금도 계속 되고 있다. 웬만한 건 자동이체지만, 그렇지 않은 것도 납기일이 며칠 남았을 때 납부를 해야 마음이 편하다.

가난은 사람을 병들게 한다. 눈칫밥으로 가슴이 조여 오고, 별일도 아닌 일에 예민하게 되며, 납기일이 마치 사형 선고 날처럼 느끼게 한다. 나는 매

번 사형수처럼 날짜를 세고, 지갑속의 푼돈을 세며 시간을 맞이했다.

망각은 신의 배려라고 한다. 그러나 신은 나를 배려하지 않았나보다. 어린 시절 슬프고 아팠던 기억들이 바로 어제 일처럼 남아있는 것을 보면.

다음 생이 있다면 인간 말고 바람으로 먼지로 흩어지고 싶다.

곤로와 양은냄비

요즘은 가스레인지에 이어 인덕션까지 다양한 조리도구가 있지만, 어린 시절 우리 집은 연탄불에서 새로 나온 곤로로 도구가 업그레이드 된 시기가 있었다. 곤로는 석유를 넣고 그 안에서 나온 심지에 성냥불을 붙여서 썼던 도구라, 그 곤로의 심지에 불을 붙일 때마다 느껴지는 석유 냄새는 속이 메스꺼웠던 기억이 난다.

네 살 동생과 두 살 동생을 나에게 맡겨두고 부모는 일을 하러 나갔다. 나는 점심은 차려둔 밥으로 먹고 동생을 먹이고, 어두워질 때쯤이면, 쌀을 씻어 양은 냄비에 붓고 곤로에 냄비를 올려 둔 다음, 곤로의 심지에 성냥불을 붙였다.

마당 한쪽에 자리하고 있었던 곤로 주변에 바람이라도 불면 성냥불은 금세 꺼지고 말았다. 그럴 때면 곤로 옆에 꺼진 성냥의 흔적들이 조그마한 언덕을 이루었다.

그 날도 평범한 하루였었다. 어둠이 내려앉았고, 배꼽시계가 소리를 내서 평소처럼 쌀을 씻고 곤로에 올렸다. 밥 끓는 소리가 들렸고, 불을 낮추고, 곤로를 보고 있는데 잠이 쏟아졌다. 나는 그대로 쭈그리고 앉아 졸았던 것 같다. 졸다가 실눈을 떴다가 다시 졸았다. 어느새 잠이 들었다 놀라서 눈을 떴을 땐 밥이 탄 냄새와 양은 냄비 위까지 불에 그을린 자국이 있었다.

나는 놀라서 곤로의 불을 끄고 양은 냄비 뚜껑을 열었다. 와! 탄 밥 냄새가 내 코를 찔렀다. 순간, 어머니의 얼굴이 떠올랐다. 타이밍은 언제나 내 편이 아니었다. 냄비뚜껑을 열고 현실을 파악하고 있는 그 즈음⋯. 대문이 열리고 "이게, 무슨 냄새야!" 소리가 들렸다. 그리고 내 손에 들려있던 양은 냄비 뚜껑을 낚아챈 그는 내 머리를 뚜껑으로 쳤다.

"병신 같은 년, 밥도 하나 제대로 못해!"

그 때 내 나이는 여섯 살이었다.

내 아이는 지금 일곱 살이다. 아이는 밥을 하기는커녕 해 준 밥도 흘리며 먹는다. 아이를 보면서 나는 어린 시절의 나를 떠올린다. 그리고 그 아이에게 말한다.

"참 힘들었는데 넌 잘 견뎠구나. 그 모든 게 니 잘못이 아니야. 굳이 잘못이라면 태어난 게 잘못이랄까?"

연애시절 지금의 남편이 양은냄비에 먹는 동태탕이 맛있는 곳이 있다며 나를 데려갔다. 나는 그 때 양은냄비에 있는 동태는 보이지 않고, 곤로에 탄 밥이 떠올라서 동태탕은 아무 맛도 느껴지지 않았다.

그렇게 곤로와 양은냄비는 기억의 저편에서 새어나와 나와 마주서게 되었다.

깍두기공책

▼

아이가 일곱 살이 되면서 글자에도 관심이 많아지고 질문도 많다. 자신이 좋아하는 만화주인공의 이름을 가르쳐 달라고 하고 어떻게 쓰는지 물어본다. 그걸 보고 있노라면 마음이 따뜻해진다. '내 아이가 이렇게 컸구나' 하는 대견함과 함께 그냥 그 존재만으로도 마음이 벅차오른다.

그리고 아이의 연습장이나 공책을 보며 어린 시절 나와 마주한다.

어린 시절 내가 살던 동네에는 유치원도 있었고 교회에 속해있던 선교원도 있었다. 기대를 져 버리지 않고 나의 부모는 나를 그 어떤 시설에도 보내지 않았다. 내게는 보살펴야 하는 동생들이 둘이나 있기 때문이다. 그렇게 나는 그냥 일곱 살까지 동생들과 집에만 있었다. 그리고 여덟 살 3월이 되었고, 3월 5일 입학식을 하루 앞둔 3월 4일 저녁의 일이었다.

살면서 한 번도 보지 못한 공책이란 걸 어머니가 어디서 구해 왔다. 그리고 그 열 칸짜리 깍두기공책에 무언가를 적고, 나에게 말했다.

"이게 니 이름이다. 써 봐"

나는 그 때까지 기역, 니은도 몰랐는데… 이름을 써 보라니!!!

나는 그냥 그렸다. 그림을 그리듯 그렸었다. 물론 쓰는 순서도 틀렸고 엉망이었다. 그리고 어김없이 그의 주먹이 내 머리를 쳤다.

"병신 같은 년, 그것도 제대로 못 써!!!"

그렇다. 나는 내 이름보다 '병신 같은 년'이란 말을 더 많이 들었던 것 같다. 그렇게 나는 병신 같은 년이 되어 머리를 맞으며 여러 번 깍두기공책에 내 이름을 그렸고, 다음날 초등학교에 입학을 하게 되었다.

그리고 입학 후에 학교에서 기역 니은부터 내 이름까지 배웠고, 1부터 100까지를 셀 수 있게 되었고, 받아쓰기 0점에서 100점까지 다양한 점수대를 기록하게 되었다.

아이를 키우면서 이렇게 어린 시절의 나와 마주하곤 한다.

아이가 질문을 하면, 나는 최대한 아이의 눈높이에 맞게 설명하고자 노력한다. 그리고 컵의 물을 쏟거나 밥을 흘리거나 욕실에서 물장난을 하다가 옷이 다 젖어도 나는 결코 화를 내지 않는다. 그리고 얘기한다.

"괜찮아. 근데 다음엔 우리 이렇게 해 볼까?"라고 말이다.

그러면 아이는 어느새 환하게 웃으며 지나가고, 또다시 가까운 시일 내에 물을 쏟거나 밥을 흘린다는 것을 나는 알고 있다. 왜냐하면 아이니까… 나도 어린 시절 아이였으니까…….

'그럼에도 나의 부모는 왜 나의 실수를 그렇게 야박하게 화를 내고 학대했을까?' 하는 의문과 이유도 모른 채 당했던 내가 안쓰럽다.

그리고 나는 다짐한다.

'괜찮아. 그런 부모가 되지 않으면 돼.'

엊그제 뉴스에 아동학대로 사망한 아이의 온 몸에 든 멍에 대해 상세하게 나왔었다. 그 아이를 그렇게 한 것은 친 부모였다. 그렇다. 우리는 백설공주나 신데렐라나 콩쥐팥쥐에 너무 익숙해서 계모나 계부가 아이를 학대한다고 섣불리 생각하곤 하지만, 실제 아동학대의 가장 많은 가해자는 친부모다.

어렸을 때, 내 친구 중 한 명은 보육원에서 온 친구였었다. 나는 그 친구가 부러웠다. 수녀님들이 운영하시는 보육원에서 사는 그 친구는 나보다 밝은 아이였다. 우리는 함께 학교도서관에서 《빨강머리 앤》을 읽으며 서로가 앤이 되었다가 다이애나가 되었다 하며 늘 편안 친구였다. 그 친구가 어느 집으로 입양되어 연락이 끊기기 전까지 그 친구는 나에게 좋은 벗이었고, 서로의 불행을 아무렇지도 않게 얘기하는 대상이었다.

부모가 자신의 아이를 당연히 사랑하는 건 아니라고 단호하게 얘기하는 나에게 그 친구는 말없이 손을 잡아주었다. 많은 말이 필요 없었다. 그걸로 충분했다. 그 친구가 어디에 있든 행복하길 빈다. 내 친구 앤, 다이애나가 행복하길 두 손 모아 빌어본다.

산타할아버지

▼

크리스마스가 한 달 정도 남은 11월의 어느 날…

아들은 "엄마, 이번 크리스마스엔 산타할아버지가 어떤 선물을 가져다주실까?"라는 말로 크리스마스에 봉인된 나의 쓸쓸함을 건드렸다.

나는 다섯 살 여섯 살 때조차도 산타할아버지를 믿지 않았던 것 같다. 그도 그럴 것이 착한 일을 하면 선물을 주신다는 산타의 존재가 한 번도 내 눈앞에 있었던 적이 없으니 말이다. 생일 때도 선물은 없었고 크리스마스에도 선물은 없었다.

착한 아이가 되고자 평소 같으면 동생의 똥 찬 기저귀를 수돗가 대야에 넣어 두었겠지만, 평소와 다르게 손을 호호 불며 찬물에 씻었다. 그러면 어김없이 저녁에 돌아온 어머니가 제대로 씻지 않았다고 잔소리 폭탄을 퍼부었지만 말이다.

11월의 찬 물에 동생의 기저귀를 빨아도 양은냄비를 태우지 않고 밥을 해도 산타할아버지는 단 한 번도 내 머리맡에 선물을 두지 않았다. 그렇게 시간이 흘러 초등학교에 내가 들어가고 바로 밑에 동생이 선교원에 들어가면서 배신감이 차오르게 된 사건이 발생했다.

겨울방학이 시작되고, 그 날은 크리스마스 이브였다. 그리고 동생이 다니던 선교원에서 이른바 재롱잔치와 크리스마스 행사가 열리는 날이었다. 어머니는 나에게 먼저 가서 동생의 선생님께 전하라며 큰 박스가 든 봉지를 건넸다. 그 안에 무엇이 있는지 궁금하지도 않았고, 아무 생각도 없이 재롱잔치 총 연습중인 선교원에 가서 그 의문의 박스를 선생님께 전했다.

몇 시간 후 선교원에서의 재롱잔치가 시작되었다. 동생은 꼭두각시 율동을 여자짝꿍이랑 했고, 나는 멍하니 쳐다보았다. 방청객이 되어 말이다. 무심코 고개를 돌려 어머니의 얼굴을 봤는데, 어머니는 옆집에서 빌린 카메라로 열심히 동생의 모습을 찍고 있었다. 환하게 웃으면서……

그 모습은 한 번도 내게 보여주지 않은 미소였었다.

모든 행사가 끝나고 마지막 행사에선 누가 봐도 대학생 정도의 변장한 산타가 나와서 아이들의 이름을 부르며 빨간색 주머니에서 선물을 꺼내 나눠주었다. 그 때 깨달았다. 내가 동생의 선생님께 전달한 상자의 정체 말이다.

목구멍에서 뜨거운 무엇인가가 올라와서 순간 눈물이 왈칵 쏟아질 것 같았지만, 아랫입술을 깨물며 참았다. 왠지 울고 싶지 않았다. 울면 지는 것 같았다. 그 크리스마스는 내게 많은 감정을 알려주었던 것 같다. 그 해는 참 추웠었다.

아이가 크리스마스를 기대하며, 올 해는 크리스마스 트리를 만들고 트리

밑에 산타할아버지께 편지를 써서 두고 싶다고 했다. 살면서 한 번도 트리를 만들어 본 적이 없다는 걸 그 때 깨달았다. 나는 참 메마르게 살았나보다.

나는 서둘러 크리스마스 트리를 인터넷으로 주문했고, 택배가 오기 전까지 설레었다. 그 설렘은 아이도 마찬가지였다. 퇴근해서 집에 가니, 아이는 자랑스러운 얼굴로 말했다. "엄마, 아빠랑 크리스마스트리를 만들었어. 진짜 예쁘지? 산타할아버지가 이번엔 어떤 선물을 주실까?"

설렘 가득한 아이의 얼굴과 작은 전구들이 거실을 따뜻하게 채웠다. 나는 어린 시절 나의 초라하고 슬픈 크리스마스를 떠올리며, 지나간 추억이 아니라 아픈 기억들을 곱씹었다. 어린 시절 그 때만큼 아프지 않았다. 그 아픔은 어느새 굳은살이 되어 아픈지 슬픈지 느끼지 못하고 일상이 되어버린 듯하다.

그렇게 살면서 느끼고 아파하며 또 아무렇지도 않게 오늘을 살아간다.

상장

80년대 내가 다니던 초등학교는 매년 수학경시대회가 열렸었다. 교내 경시대회에서 우수한 성적을 받으면 상장과 부상으로 공책이 주어졌다. 상이 무엇인지 아무것도 모르던 1학년 시절부터 해마다 나는 집으로 상장을 가져갔다. 그 당시에 나는 예습과 복습을 따로 한 것도 아니었고, 학원을 다닌 것도 아니었다. 그저 학교에서 내주는 숙제만 했었지만, 수학을 재미있어 했었던 것 같다.

그렇게 매년 상을 받아갔지만, 그것이 어떤 의미인지도 잘 몰랐었다. 집에선 어떤 칭찬도 없었기 때문이다. 단지 60명이 넘는 친구들 앞에서 담임 선생님께서 내 이름을 호명하며 상장과 공책을 주셨을 때 나도 모르게 벅차올랐었다.

그리고 동생이 1학년에 들어오면서 집안 분위기는 변했다. 당연히 받아오는 거라 여기던 상장을 동생은 단 한 번도 받아오지 않았기 때문이다. 결국 그렇게 몇 년이 지나자, 부모님은 나와 동생을 집 근처에 있는 주산학원에 보냈다.

없는 살림이라 처음엔 동생만 보내려고 했지만, 동생이 낯선 환경의 학원을 가지 않으려고 울면서 발버둥을 쳤기 때문에 나는 동생의 학원시간에 맞춰 동생과 같은 수업을 듣게 되었다. 난생 처음 받는 사교육은 새로운 세상이었다. 친절하신 주산 선생님은 나에게 '잘 한다'를 연발하며 칭찬해주셨고, 선생님의 칭찬으로 나의 실력은 날로 좋아졌다. 그리고 동생은 그냥 주산학원을 나와 다녔다.

몇 달 후 새 학기가 되고 다시 학교에선 수학경시대회가 열렸다.

평소대로 나는 상장을 받았지만, 해마다 받던 최우상이 아닌 우수상이었다. 그 의미가 정확히 뭔지 몰랐지만, 이전에 상장과 함께 받았던 공책이 서른 권이었는데 이번엔 스무 권 밖에 되지 않는다는 것을 알게 되었다. 몇 개 틀렸나보다.

그렇게 집에 상장과 공책을 들고 집에 갔는데, 집 안 분위기는 살얼음을 걷듯 싸한 느낌이었다. 어린 시절부터 항상 불행하고 불운했던 사람들은 알 것이다. 한바탕 싸움이 지나고 간 자리가 있다는 걸 본능의 레이더로 느껴진다는 것을. 그렇다. 주산학원까지 보낸 동생은 상을 받지 못했다.

내 동생의 부모는 화가 난 얼굴로 나와 마주했다. 나는 가방에서 끄트머리가 약간 구겨진 상장과 공책을 꺼냈다. 그리고 상장을 스캔하던 내 동생의 아버지는 나에게 말했다.

"이것도 상이라고 받아왔어! 최우상이 아니면 집에 가져오지 마라."

그렇게 말한 후 방바닥으로 내 상장을 던져 버렸다. 순간 나는 눈물이 났다. 그리고 그 이후에 받은 어떤 상장도 집에 가서 보여 주지 않았다. 큰 스케

치북 속에 한 장씩 접어서 넣어두었을 뿐.

그리고 그 다음날부터 주산학원은 갈 수 없었다. 동생의 발표력이 부족하다는 담임 선생님의 말씀에 동생이 웅변학원을 다니기 시작했기 때문이다. 나는 다시 학교만 오고갔다.

'칭찬은 고래도 춤춘다고 하는데, 그 때 나에게 칭찬 한 마디만 해 주었다면 어땠을까?'라고 한 번씩 생각해 본다. 그러다 금방 후회한다. 있을 수 없는 일이라고. 그렇게 나는 어린 시절부터 부모의 인정이나 그 어떤 지지도 없이 홀로 서기하는 방법을 빨리 터득하게 되었다.

선생님

▼

초등학교 1학년 때 선생님은 내 이름을 알지 못했었다. 우리 반이 63명이라 선생님은 아이들 이름조차 다 외우지 못했고, 그중에 존재감이 없던 나는 더 알지 못했을 거다. 그 사실을 안 건 1학기가 거의 끝날 무렵 이었다.

복도에서 만난 담임 선생님께 인사를 하자, 선생님은 "야, 1학년 5반 가서 반장 좀 교무실로 오라 그래,"

내가 그 1학년 5반이었고, 내 이름은 '야'가 아니었는데 말이다.

그리고 학교에 입학하고 기역 니은부터 배우고 단어 문장을 배우면서 1학기가 절반쯤 지났을 때부턴 매일 매일 일기를 쓰는 것이 숙제로 주어졌다. 나는 일기 쓰는 걸 좋아했다. 한글을 배우면서 글자를 읽고 쓰는 것도 재밌었고, 뭔가를 알아가는 건 새로운 느낌이었다.

그러나 나의 일기는 거의 비슷한 내용이었다. 부모님이 싸우고, 엄마가 울고, 동생도 울고, 나는 모른 척 잠자는 척 했다. 이정도의 아주 솔직한 내 이야기들은 거의 매일 연속이었지만, 선생님은 언제나 일기장 맨 마지막에 '참 잘 했어요' 도장을 찍어 주셨다.

그래서 나는 선생님이 일기장을 읽지 않는다는 걸 확신하게 되었다. 물론, 비밀도 없고 단지 솔직한 1학년 일기라 부끄럽진 않았지만, 눈치가 있었는지 내 부모가 매일 싸운다는 걸 선생님이 알고 우리 집에 전화해서 내가 고자 질 했다고 애기하면 어쩌지? 하는 허황된 두려움도 있었기 때문이다.

안네의 일기에서 안네가 일기장에 이름을 붙이고 친구에게 이야기 하듯, 나 역시 하루를 일기장에 쓰면서 울기도 하고 분노하기도 했었다.

나의 이름조차 알지 못했던 선생님은 다른 학교로 전근 가셨다. 나는 하나 도 슬프지 않았는데, 우리 반 반장은 선생님을 앞으로 못 본다며 울었다. 나 는 그 애가 우는 이유를 그 때는 알지 못했지만, 지금은 알 것 같다.

2학년이 되어 새로운 선생님이 담임 선생님이 되었다. 작년에 6학년 담임 이었다고 자신을 소개하던 그 선생님은 내 인생에 많은 의미를 남기신 선생 님이다.

2학년 8반의 교실은 이상했다. 그도 그럴 것이 일반 교실이 아니라, 학교 도서관 한쪽에 교실을 만들었기 때문이다. 베이비붐이 한창인 시절, 학교는 그 많은 아이들을 한꺼번에 수용하기 힘들 정도로 포화상태였다. 때문에 과 학실이나 도서관 등을 교실로 활용하기도 했다. 우리 반은 쉬는 시간이나 점 심시간에는 도서관이었고, 평소엔 교실로 쓰였다.

낯설어하는 2학년의 첫 날, 선생님은 말씀하셨다. 이 도서관이 우리 교실 이 된 배경과 그럼에도 불구하고 얼마나 좋은 일이냐고……. 언제라도 책을 볼 수 있는 우리 교실이 우리 학교에서 제일 멋진 곳이라고! 맞다. 우리 교실이 우리 학교에서 가장 넓은 교실이었다.

그리고 우리에게는 과제가 주어졌다. 아침에 학교에 오면 무슨 책이든 한 권씩 꺼내서 읽는 과제가….

선생님은 수업 전에 우리가 읽는 책을 들여다보시고 이것저것 질문도 하셨고, 무엇보다 개학 후 며칠 지나지 않아 우리 반 62명의 이름을 모두 외우셨다.

나는 그 날도 아무 생각 없이 책을 읽고 있었다. 선생님이 내 옆으로 다가와 한 번도 내가 들어보지 못한 다정한 목소리로 내 이름을 부르시며 "재밌는 책을 읽고 있네. 다 읽고 선생님한테 얘기해줘." 나는 그 날 읽었던 아라비안나이트가 정말 재밌기도 했지만, 선생님이 언제 내용을 질문하실지 몰라 정말 달달 외울 정도로 읽고 또 읽었다.

1학년 때 선생님은 수업 중 아이들이 떠들면 그 애들을 일으켜 세워 손바닥을 때렸다. 그래서 나는 맞는 것도 싫고 일어나는 것도 너무 싫어 정말 쥐 죽은 듯이 1학년을 보냈다. 눈에 띄지도 않고 존재감도 없이 말이다. 마치 그림자처럼 나의 첫 일 년이 지나갔다.

그러나 2학년은 달랐다. 그 날도 선생님이 칠판에 열심히 필기를 하고 계셨다. 장난기 많은 남자 아이 몇 명이 공책을 찢어 여기 저기 던지고 주워서 받고 낄낄 웃고 소란스러웠다. 그 때 선생님이 뒤를 돌아보셨다.

순간 내 가슴은 쿵쾅쿵쾅 뛰기 시작했고, 아버지의 화난 목소리와 욕설이 귓가에 맴돌았다. 분명히 선생님도 아버지처럼 화를 낼 거라고 이미 결론에

도달했던 것이다.

선생님은 "너희들은 눈이 몇 개야?" 질문하셨고, 우리는 기어들어가는 목소리로 "두개요"라고 대답했다. 그러자 선생님은 "그래 너희들은 눈이 두 개야. 그런데 선생님은 눈이 여러 개라서 칠판에 필기를 하고 있어도 누가 떠드는지, 누가 장난치는지 다 알아. 이제 이거 적어보자"

장난치던 아이들도 두려움에 떨던 나도 안도하며 "네"라고 대답했다.

나는 그 순간 선생님은 정말 천사라고 생각했었다. 어림잡아도 아버지보다 더 나이가 많아보이던 선생님은 다정하고 현명하셨다. 모든 아이들은 선생님을 좋아했다. 나는 선생님이 좋아서 선생님에게 정말 잘 보이고 싶었다. 그래서 더 열심히 수업에 집중했고, 교실 안에 있던 책을 모조리 읽고자 노력했다. 그 때 내가 읽었던 책들은 어휘력 향상에도 도움을 주었지만, 무엇보다 더 이상 혼자 우울하고 힘들지만은 않도록 상상이란 걸 하게 만들었다.

때론 알라딘의 램프를 상상하고 가끔은 신데렐라에 나오는 호박마차를 떠올려보면서 언젠가 나의 이 구질구질한 삶에서 내가 탈출할 수 있을 거라는 꿈을 꾸기 시작했기 때문이다.

우울과 불안으로 가득 찼던 나의 일기장엔 '알라딘의 램프를 갖고 싶다'라는 허무맹랑한 소망도 쓰여졌고, 빨강머리 앤처럼 초록색지붕집에 매튜 아저씨 같은 아버지를 갖는 실현 불가능한 바람들로 채워졌다.

그렇게 채워진 일기장엔 1학년 때처럼 그냥 무심히 찍는 '참 잘 했어요' 도장이 아니라, 빨강색 볼펜으로 쓰인 선생님의 코멘트도 일기장을 풍부하게 만들었다. 나의 우울함에 위로를 나의 상상에 웃음을 나의 허무맹랑함에 격려를 주셨던 선생님은 내가 살아가는 힘이 되었고, 지금의 나를 있게 해준 마중물이었다 생각한다.

존재감도 없었고 이름도 없었던 나는 선생님의 칭찬 한마디에 생명력을 얻고 학교 가는 것이 정말 즐겁다는 것을 깨닫게 해 주었다. 갑자기 선생님이 참 그립다. 창 밖에 햇빛이 비친다. 마치 선생님의 미소처럼 느껴지는 아침이다.

목욕탕

▼

어린 시절 우리 집은 가난했었고, 배고픔보다는 정서적으로 더 궁핍했었던 것 같다. 단 한 순간도 행복했었던 기억이 나지 않는다. 행복이라는 단어의 의미를 정확하게 이해한 건 스무 살이 넘었던 것 같다.

가난하고 방임되었던 어린 시절 유일하게 다른 사람들처럼 하고 살 수 있었던 건 그나마 명절이었다. 명절이 가까울 즈음엔 목욕탕을 갔다.

그 전에는 집에서 대충 씻고, 아님 대야에 물을 받아 내가 마른 명태가 되어 물에 들어갔다 나오는 정도였다. 내 밑으로 남동생이 두 명 있지만, 아버지는 단 한 번도 동생들을 데리고 목욕탕에 가지 않았다. 그래서 남동생들은 나와 어머니와 여탕을 함께 갔었다.

명절이 가까워오는 어느 날 목욕탕에 갔는데, 사람이 정말 많았다. 물 반 사람 반인 곳에서 한쪽에 자리를 잡고 우리는 순서대로 어머니의 손에 등을 맡기게 되었다. 어머니는 항상 화난 표정이라 목욕탕에서도 여전히 화가 난 표정으로 때수건으로 박박 등짝을 밀었다. 어느새 내 등은 따갑고 아프고 온 몸에 피가 등으로 쏠리는 기분이었다. 그래도 소리를 지르거나 아프다고 하면 등짝 스매싱을 맞거나 욕을 듣기 때문에 꾹 참아야 한다. 나는 정말 잘

참는 아이였다.

내 등을 밀고 나면 어머니는 내 손에 때수건을 끼워주며 어머니의 등을 밀라고 시켰다. 나는 삐쩍 마르고 힘도 없는 그런 조그만 아이이어서 어머니의 넓고 큰 등은 내게 큰 시련의 시작이었다. 그 고사리 같은 손으로 어머니의 등을 밀면, 채 일분이 지나지 않아 어머니의 잔소리가 시작되었다.

"그것도 똑바로 못해! 힘껏 밀란 말이야. 지금 장난해!" 나는 울음을 참고 두 손으로 어머니의 등을 밀었다. 그러나 항상 역부족이었다. 마치 고난의 행군 같았다. 끝이 보이지도 않고 어디가 끝인지 가늠할 수조차 없는 고통이었다.

내게 계속 소리를 지르자. 우리 옆에서 때를 밀던 한 아주머니가 다가왔다.

"애기엄마, 애가 셋이라서 힘들겠네. 이리 와 봐요. 내가 등 밀어줄게"
그렇게 그 아주머니가 어머니의 등을 밀면서 나는 고통에서 벗어날 수 있었다. 그 때 그 아주머니가 정말 고마웠다. 그리고 지금 이 순간, 그 때를 떠올려보니 그 아주머니의 눈에 비친 나의 모습은 어땠을까? 생각해본다.

그리고 나는 열 살이 됐을 때부터 혼자 목욕탕을 다녔다. 바로 밑에 남동생이 학교에 들어가면서 더 이상 여탕을 오지 못하게 되자, 어머니는 나에게 혼자서 목욕탕을 가라고 했다. 남동생들은 둘이서 남탕을 갔다.

그 때는 몰랐지만, 시간이 어느 정도 흐르고 나는 깨달았다. 어머니는 남동생들을 목욕탕에 데려가기 위해서 나까지 데려갔다는 것을. 일주일에 한 번 목욕탕을 함께 가는 것조차 딸에게 시간을 주지 않았던 어머니는 혼자서 목욕탕을 다녔다.

　나 역시 혼자 목욕탕을 다니면서 더 편안해졌다. 어머니와 거리가 멀어질
수록 더 편안해졌고, 마주하는 시간이 짧아질수록 우울함은 조금씩 옅어지
기 시작했다. 마치 감정을 잃어버리듯 무미건조하게 화가 나거나 눈물이 나
거나 분노하는 일이 줄어들었다. 나는 혼자 목욕을 하고 나오면서 마시는 상
쾌한 공기가 좋았다. 그 당시 '힐링'이라는 단어를 알았다면, 아마 힐링이라고
했을 정도였다.

달걀후라이

요즘은 흔한 달걀이 그 시절에는 흔하지 않았다. 그렇게 비싼 건 아니었지만, 우리 집은 가난했기에 달걀 한 판을 사는 것은 명절 밖에 없었다. 그럼에도 매일 아침 아버지의 밥상에는 달걀후라이가 있었다. 고만고만하게 여섯 살 네 살 두 살인 아이 세 명이 졸졸 하게 밥상머리에 앉아있었지만, 언제나 달걀후라이는 하나밖에 없었다.

음식에 그렇게 욕심도 없고 순종적이었던 나는 그냥 찬물에 밥을 말아먹거나 김치에 밥을 적절히 버무려 먹고, 그것도 아니면 몽고간장에 밥을 비벼서 꾸역꾸역 입에 집어넣는 것이 식사였었다.

어느 날, 남동생이 어머니에게 "나도 후라이 줘"라고 얘기하는 걸 들으며, 나는 마음속으로 동생이 어머니에게 맞을지도 모른다는 막연한 두려움이 생겼다. 그러나 예상을 뒤엎고 어머니는 동생에게 "저건 아빠 약이야, 후라이가 아니야"라고 말했다. 그러자 동생은 포기하지 않고 "나도 계란 줘" 라고 말했다. 동생의 떼쓰기는 아버지가 "밥상머리에서 어디 큰 소리야!"라며 천둥 같은 소리로 고함을 지르고서야 끝이 났다.

나는 여섯 살이지만, 알고 있었다. 어머니의 거짓말을.

나이가 더 들어 초등학교에 들어가서 벌거벗은 임금님이란 동화책을 읽으며 생각했었다. 어머니도 우리에게 거짓말을 했다는 것을. 보이지도 않는 옷을 임금님에게 속인 사기꾼 재단사들처럼 누가 봐도 달걀후라이였는데 약이라고 했었던 어머니를… 나는 용서가 안 됐던 것 같다.

콩 한쪽도 나눠먹고 없어도 사랑이 넘치는 달동네 쪽방촌 가족들은 드라마에만 있는 것 같다. 가난하고 가슴이 차가운 사람들이 사는 곳에선 그런 기적 같은 일들은 절대 일어나지 않는다. 세상의 잔혹함을 부모의 이중성을 너무 빨리 알아버린 아이는 나이가 들어 쉽게 웃지 않고 기쁜 일이 있거나 힘든 일이 있어도 감정의 동요 없이 무미건조한 시간을 채우게 되었다.

그것이 나쁜 일만은 아니라고 애써 포장해 본다. 그러나 내 아이나 주변의 아이들은 나와 같은 감정의 송곳들이 삶을 생채기 내지 않기를 간절히 소망한다. 그들은 나만큼 아프지 않기를, 슬프지 않기를, 너무 빨리 어른이 되지 않기를 말이다.

넘버쓰리

반 지하였던 우리 집은 낮에도 햇빛이 잘 들지 않아 어두웠고 때문에 곰 팡이가 피어 있었다. 곰팡이가 피어 냄새가 많이 나서 집에 가면 문을 열어 환기를 시켜야했다.

중3 때의 일이다. 겨울방학이 시작되기 전 기말고사가 끝나고 아무도 없는 집에 일찍 들어갔다. 아무도 없을 거라 생각하고 문을 열었는데, 담배연기로 자욱한 방 안에는 아버지가 담배를 피우며 TV를 보고 있었다. 가난했음에 도 반지하임에도 아버지는 비용을 내고 유선 TV를 연결해서 낮에도 영화가 나왔던 것이다.

그 날은 왜 그랬는지 모르겠다. 내가 미쳤었나보다. 나는 무슨 용기가 생겼 는지, "제발 담배 좀 끊으세요. 담배 연기에 곰팡이에 머리가 아파요"라고 얘 길 했다.

그 순간 아버지는 "이 쌍년이 미쳤나!" 라며 재떨이를 내게 집어던졌다. 담 배꽁초와 담뱃재와 갈색으로 된 사기재떨이는 내 머리를 쳤다. 아팠지만 울 지 않았다. 나는 그 길로 뒤를 돌아보지 않고 그대로 밖을 나와 무작정 걸었 다. 초겨울이라 추웠지만 화가 나서인지 억울해서인지 가슴이 뛰고 목구멍 에서 불구덩이가 자꾸 샘솟는 것 같았다.

그 날 나는 기말고사를 잘 쳤다. 시험을 잘 쳐서 자신감이 생긴 건지, 아무도 없을 거라 생각했던 집에 아버지란 사람이 있는 걸 보고 당황해서인지 모르겠다. 무작정 걷다가 밤이 되어서야 나는 집으로 들어갔다.

나에게 관심이 없던 어머니는 내가 시험을 쳤는지도 몰랐고, 집에는 나에게 재떨이를 던진 그도 없었다. 다행이라 생각했다. 집에 무슨 일이 있었는지 아무도 몰랐다. 이후에 재떨이를 던진 사람은 나에게 아무런 말도 하지 않았고 나는 그 이후 집에선 거의 말을 하지 않았다. 그렇게 재떨이와 관련된 그 일은 내 기억 속에 분노와 함께 봉인되었다. 그 영화를 보기 전까지는……

대학 때 친구랑 영화를 보러 갔다. 단짝 친구는 나에게 당시 핫 했던 한석규가 나오는 영화를 보러가자고 했다. 영화 제목은 〈넘버3〉였다.

친구와 영화를 보면서 은행나무 침대에서 봤던 한석규의 새로운 모습에 놀라워하고, 처음 보는 19금 영화에 부끄러워하며 보고 있었다. 그리고 문제의 장면이 나왔다. 한석규가 아닌 송강호가 말이다. 영화에서 송강호는 재떨이를 휘둘러 모든 일을 해결하려는 단순 무식한 넘버2이며, 재떨이를 던져 상대방에게 상해를 입히는 조직폭력배였다.

송강호가 코믹한 대사를 하며 재떨이를 던지는 장면에서 극장안의 모든 사람은 웃었다. 나를 빼고 말이다. 나는 차마 웃음이 나오지 않았다. 애써 잊어버리려고 했었던 기억의 한 장면이 영화와 오버 랩 되었다.

영화를 보고 나오면서 친구는 우리가 알던 한석규가 아니고 새로운 캐릭터였다면서 한석규 얘기에 초집중이 되어 나의 표정을 살피지 못했다.

나는 친구와 영화를 보고 나와 자판기 커피를 한 잔 마시면서 영화관 앞 벤치에 앉아 중3 때의 아픈 기억을 이야기했다. 그 때의 집안공기와 냄새, 그 날의 추위와 온도의 변화까지 차갑고 아팠던 얘기를 처음으로 진지하게 친구에게 얘기했다. 친구는 놀란 눈으로 나를 봤고 나는 덤덤하게 이어나갔다. 그리고 그 친구도 자신의 아픈 기억을 내게 얘기해 주었다. 우리는 그렇게 그 전보다 더 친한 친구가 되었다.

　우울한 사람은 우울한 레이더가 있나보다. 그 친구도 나처럼 우울한 사람이었다. 우리는 우리처럼 우울한 사람들을 잘 알아본다. 그렇게 비슷한 감정을 소유한 사람에게 이끌리는 것 같다. 그래서 익숙한 감정엔 끌리나 보다. 그렇게 재떨이에 관한 아픈 조각하나를 끄집어내고 나는 조금 편안해졌다.

　이건 일기장에 썼던 것과는 달랐다. 혼자 속마음을 쓰고 억지로 잊으려던 노력이 아니라 친구가 공감해주고 나의 어깨에 손을 올려 토닥토닥 해준 기억은 잊을 수가 없다. 그렇게 배웠다. 삶을 살아가는 방법 중 하나를.
　혼자서만 아파하기보단 날 믿어주는 누군가에게 털어놓는 것도 괜찮은 방법이라는 걸 말이다.

꿈

▼

아이가 아침에 일어나며 악몽을 꿨다고 했다. 어떤 악몽이냐고 물었더니 귀신이랑 요괴들이 나와서 도망가는 꿈을 꾸었다고 아이는 무섭다면서 엄마가 무찔러 줄 거냐고 물었다.

나는 "그럼 엄마가 다 무찔러 줄 거야. 아무도 우리 아들 못 건드리게 말이야. 걱정하지 마. 엄마가 지켜 줄 거야."

이 말을 하면서 나는 과거의 나를 떠올렸다.
어린 시절, 전설의 고향을 보고 나면 꼭 꿈에서 도깨비나 귀신들이 나오는 악몽을 꾸곤 했다. 꿈에선 항상 쫓기는 상황이 되고, 낭떠러지나 막다른 골목에서 공포에 떨다가 일어나곤 했었다.

어느 날, 악몽을 꾸고 일어났는데 너무도 꿈이 생생해 마치 조금 전 일처럼 기억이 났다. 악몽을 꿨다고 너무 무서웠다고 어머니에게 이야기를 하고 있는데, 갑자기 옆에서 천둥 같은 소리가 들렸다.

"아침부터 재수 없게 뭔 꿈 얘기야!!"

아버지의 화난 목소리가 들리자, 좀 전까지 내 악몽애길 듣던 어머니는 내 머리를 쥐어박으며 "조용히 해"라며 소릴 질렀다.

'재수 없다'가 무슨 의미인지 그 때는 몰랐었다. 그러나 내가 아주 큰 잘못을 했다고 느껴졌다. 정확하게 뭘 잘못했는지는 모르지만, 그 분위기와 아픈 머리를 감싸며 나는 무미건조해졌다. 그리고 다시는 꿈 이야기를 집에서 하지 않았다.

나이가 들어 '재수 없다'가 무슨 의미인지 알게 되었다. 그렇다고 어린아이가 악몽을 꾸고 무섭다고 하소연 하는 게 뭐가 그리 큰 잘못인지는 아직도 알지 못한다.

지금 그 시절 어린 나를 쥐어박고 욕을 퍼붓던 부모보다도 나이가 더 들었다. 나는 그들처럼 내 아이를 키우지 않는다. 그리고 머리로는 성숙하지 못한 부모라 그랬을 거라고 짐작하지만, 가슴으로는 이해할 수가 없다. 무엇이 그 어린아이를 그렇게 가혹하게 대할 만큼 그들을 합리화할 수 있을까?

다만, 지금의 내 아이에게 공감해 주고 위로해 주며 다정한 친구가 되고자 노력한다. 그 노력을 할 수 있는 의지와 지식과 여유로움을 갖고 있다는 것에 애써 만족감을 드러내며 하루하루를 살고자 한다.

콩 심은데 콩 나고 팥 심은데 팥 난다고 자신의 허물을 합리화 시키고 부모 탓으로 돌리는 사람이 있다면, 그렇지 않은 사람도 분명 있으니 그만 하라고 말하고 싶다. 우리에게는 노력이라는 또 다른 기회가 있음으로 해서 말이다.

바비인형과 레고

▼

어렸을 때 동네 친구들과 놀기 위해선 동생들이 친구들과 먼저 놀거나 나의 손을 벗어나야 가능했다. 어머니는 항상 첫째는 동생을 돌보고 집안일을 해야 하는 것이 당연하다고 하루에도 몇 번씩 얘기했기에 나는 세뇌가 되었던 것 같다.

동생들이 자기 친구들과 놀거나 뒷산으로 잠자리를 잡으러 가면, 나도 바로 앞집에 있는 친구 집에 갈 수 있었다. 친구 집에는 우리 집에는 없는 다양한 장난감과 인형들이 있었다. 나에게는 남동생이 두 명이었지만, 친구에게는 오빠가 두 명 있어서, 모든 사람의 사랑을 받고 사는, 나와는 다른 세계의 친구였었다. 그중에서도 나의 시선을 사로잡는 것은 단연코 바비인형이었다.

바비인형은 드레스와 구두를 신고 있었고, 왕관도 있고 인형의 집도 갖고 있었다. 친구는 그 바비인형을 나에게 주지 않고 자랑만 했다. 그리고 나에게는 인형놀이를 하기 위해 필요한 들러리가 되라는 듯 미미인형을 주었다. 미미인형은 국산 인형으로 바비인형보다는 저가 인형이었다. 내 눈에는 바비인형이 더 예뻐 보였지만, 감히 말할 수조차 없었다.

불평을 얘기하면, 미미도 만질 수 없을지 모른다는 불안감을 그 때 이미 알고 있었다. 그렇게 며칠에 한 번 미미를 가지고 바비를 바라보는 날들이 몇 달이 흘렀다.

어느 날, 집에 돌아오니 막내 동생이 어머니에게 장난감을 사 달라고 조르고 있었다. 단 한 번도 내가 해 보지 못한 일을 동생은 하고 있었다. 마치 전쟁에 나온 용사처럼 울고 뒹굴면서 자신의 의견을 강력하게 어필하고 있었다.

나는 조만간 어머니가 욕을 하며 주변에 있는 어떤 도구로 때릴 거라 생각하며 동생을 말리고 싶었다. 그러나 예상은 빗나갔다. 어머니는 동생에게 사러 가자며 손을 잡고 대문을 나섰다.

몇 분이 흘렀을까? 동생은 개선장군처럼 상자 하나를 가슴에 품고 집으로 왔다. 동생은 그게 레고라며, 자동차도 만들 수 있고 로봇도 만들 수 있다고 했다. 나는 마치 신세계를 맛본 듯, 넘지 말아야할 선을 넘어갔다. 어머니에게 바비인형을 사 달라고 말했다. 어머니는 "니 동생이 둘이나 있는데, 인형은 무슨! 남자애들이 인형 갖고 놀아?" 불행인지 다행인지 그 날 어머니는 평소와는 다르게 욕은 했지만, 때리지는 않았다.

그렇게 바비인형은 절대 가질 수 없는 대상이 되었다. 마치 신기루처럼. 동생들이 커 가면서 우리 집엔 로봇과 레고와 기차와 각종 캐릭터 장난감들로 채워졌지만, 바비나 미미는 없었다.

요즘 마트에 가면, 여전히 바비도 있고 미미도 있고 레고도 있다. 바비를 아련한 눈빛으로 바라보고 있는데, 옆에 있던 아들이 말했다.

"엄마, 바비인형이 갖고 싶어서 그래?" 갑자기 눈물이 쏟아질 것 같았다.

일곱 살짜리 아이도 아는 사실을 어머니는 몰랐을까? 모른 척 했을까? 나는 눈물을 누르고 "아니, 그냥 예뻐서 봤어."

아들이 다시 한 번 나의 눈물샘을 자극했다. "엄마, 내가 하나 사줄까?"라며 주머니에서 만원 지폐를 한 장 건넸다.

"할머니가 과자 사 먹으라고 주셨어. 이걸로 사."

나는 괜찮다며, 무릎을 꿇고 아들을 꼬옥 안아주었다. 사랑이 많은 내 아이가 사랑스러워서, 내 어머니처럼 내가 내 아이를 대하지 않은 것에 다행스러움을 느끼면서 말이다.

콩 심은데 콩 나고 팥 심은데 팥 나는 건 아니다. 아니라는 걸 알면서도 하는 것이 더 나쁘다고 생각한다. 우리에게는 상처를 준 이들보다 더 나아질 기회가 있고 의지가 있기에 변화는 가능하리라! 그래서 삶은 어제보다 오늘 더 나아가는 것이 아닐까? 스스로에게 위로를 보내본다.

비교

아이를 키우면서 가장 나쁜 것 중의 하나는 비교라고 한다. 그렇게 나쁜 것은 역시나 나를 피하지 않고 나의 일부분처럼 끊임없이 괴롭히는 소재가 되었다. 이를테면 이런 거다. 어느 집 누구는 공부도 잘하고 착하고 얼굴 한 번 찡그리지 않고 밝은 표정이다 등등.

그 비교대상인 이른바 엄친 딸은 우리 동네에서도 부자인 친구였다. 우리 반 반장이었고 아버지는 변호사였고 어머니는 학교 교사였다. '나도 그 친구처럼 다정한 변호사 아버지와 잘 챙겨주는 교사 어머니가 있었으면 지금보다는 나았을 텐데' 하는 생각들을 초등학교 때 이미 했었다. 그러나 전혀 어머니의 얘기에 반박하지 않았다. 이미 우리에게는 대화라는 것은 불가능하다는 것을 알고 있었기 때문이다.

그런 근본도 없는 비교는 끊임없이 계속되었다. 몇 년을 그렇게 비교당하고 비로소 내가 꿈틀하게 된 사건이 발생하게 되면서 반항은 시작되었다.

내가 고등학교를 진학하게 될 무렵 어머니는 나에게 낮에는 공장에서 일을 하고 밤에는 야학으로 공부를 할 수 있는 공장을 가라고 권했다. 나는 그것이 정확하게 어떤 의미인지 알았다. 마음 한쪽에선 집을 떠날 수 있는 탈출구라는 생각과 또 반대쪽에선 거길 가게 되면 이 지긋지긋한 가난을 결코 벗어날 수 없을 거란 생각이 들었다.

나는 우울한 아이였지만, 눈치가 빨랐다. 그것은 생존본능이었는지도 모른다. 그 공장을 가게 되면, 평생 신발밑창에 본드 붙이는 일을 하고 내가 번 돈은 집으로 다 송금해야 할 것이며 나의 최종학력은 기껏해야 고졸, 그것도 검정고시로 넘어야 한다는 걸 나는 알고 있었다.

그래서 내가 가진 모든 반항심을 끌어 모아 가기 싫다고 했다. 예상을 했는지 그 때만큼은 어머니가 나에게 큰 욕설을 하거나 때리지 않았다. 자잘한 욕을 들었지만, 그 정도야 이력이 나 있던 내게 아무런 손상을 남기지 못했다. 나는 드라마나 영화에서 나오는 소녀가장이 되고 싶지도 않았고 그런 소녀가장들이 행복한 결말을 맺는 건 방송국에 있는 사람들의 꾸며낸 이야기라 치부했었다.

비교는 나이가 들어서도 계속되었다. 고집을 부려 간 대학원을 다닐 때의 일이다. 물론 대학원 입학금부터 등록금까지 아무런 도움 없이 다녔지만 말이다.
학교를 가려고 과제를 정리하고 있는 방안으로 들어온 어머니는 친구 딸이 고등학교만 졸업하고 공장을 다니면서 번 돈으로 집에 온갖 세간을 바꿔주고 매달 번 월급까지 꼬박꼬박 어머니에게 송금한다고 부럽다고 했다.

나는 아무런 말도 하지 않았다. 무슨 말을 하더라도 나에게 올 비난과 욕설은 정해져있기 때문이다. 말을 하지 않고 대꾸도 하지 않으면 "독한 년! 니가 얼마나 배웠어! 니가 얼마나 배웠길래 날 무시해!" 하며 욕을 했다. 그나마 빨리 끝나면 그 정도였다.

나는 내가 잘 알지도 못하는 어머니의 친구 딸과 비교되어 욕을 들었고 집에 돈을 주지 않고 직장생활을 한 돈으로 대학원을 다니는 이기적이고 무식한 나쁜 년이었다. 그럼에도 불구하고 나는 대학원을 다닐 수 있어서 좋았고, 내 앞에 무엇이 있든 헤쳐 나갈 자신감은 나날이 높아져 갔다.

그 땐 몰랐지만, 나는 평소엔 힘없고 무기력한 아이였으나 나의 미래가 달린 결정에서는 고집을 부린 것 같다. 그래서 지금의 내가 있는지도 모른다.

지금 무엇인가를 망설이고 가족을 위한 희생을 강요당하는 사람이 있다면, 나는 그러지 말라고 말하고 싶다. 당신을 위해 살라고. 그것이 후회 없는 삶을 위한 길이라고 말이다.

생선가시

▼

어렸을 때 밥을 먹을 때면 어머니는 고기, 이를테면 소고기나 돼지고기가 있으면 아버지 밥상에만 올렸고 닭고기나 생선 등은 우리들 밥상 위에 올렸다. 그것은 아주 드문 일이어서 몇 번 되지 않았던 그 때의 일들은 아주 생생하게 기억에 남아있다.

그 날은 밥상에 갈치가 올라왔다. 어머니는 갈치살을 발라 동생들 밥 위에 올려주었다. 나는 '나도'라는 말을 할 수 없었다. 하기도 싫었다. 나는 서툰 실력으로 가시를 발라서 먹었다. 몇 번 먹다가 목이 아파오기 시작했다. 나는 마른기침을 하고 얼굴이 벌개 질 때까지 기침을 했었다.
어머니는 마치 신데렐라나 백설공주에 나오는 새어머니의 싸한 얼굴로 "맨밥이나 먹어"라고 얘기했다. 반찬 없이 맨밥을 몇 숟가락 더 먹고 물을 마셨다. 여전히 목이 아팠다. 아마도 생선가시가 내려가지 않고 계속 있었던 것 같다.

그 이후 나는 생선을 먹지 않았다. 미역국에 이어 생선까지 나의 식성은 어패류나 해조류와는 맞지 않다고 나름 합리화시키며 말이다.

그런 식성은 십여 년 전에 바뀌게 되었다. 지금은 남편이 된 그와 연애시절 밥집에 가서 밥을 먹게 되었다. 그 전까진 친구를 만나도 간단하게 햄버거, 라면 같은 분식을 먹던 터라 제대로 된 정식을 먹는 건 처음이었다.

밥과 된장찌개 생선과 나물 등이 한 상 차려진 정식이었다. 나는 평소대로 나물과 김치 등을 먹고 있었는데, 갑자기 내 밥 위에 하얀 생선살이 살포시 내려앉았다. 나는 그를 쳐다보았다. 그는 아무렇지도 않게 나머지 생선살을 바르고 있었다. 부모도 나에게 이렇게 생선살을 발라주지 않았는데, 만난 지 얼마 되지 않은 저 남자는 왜 나에게 생선살을 발라주는 건지? 궁금해졌고 따뜻함이 느껴졌다.

그 남자는 지금도 생선살을 발라 나의 밥 위에 내려준다. 그럼 그 때가 떠오른다. 나의 신선한 충격과 남다르게 느낀 따뜻함을 남편은 얼마나 이해할 수 있을까? 지금 나는 생선을 먹는다. 먹을 수 있다는 걸 새삼 알게 되었다.

모나미 볼펜과 종이 한 장

대학원을 다니던 무렵, 집으로는 TV광고에서 보던 땡땡 캐쉬나 론으로 끝나는 사채업자들이 보낸 우편물이 하루에도 몇 개씩 왔었다. 그게 어떤 의미인지 알고 있었지만 나는 애써 모른 척 했었다. 알고 싶지도 않았고 아는 척이라도 하면 어떤 일들이 일어날지 알고 있었기 때문이다.

당시에 바로 밑에 동생은 타지에서 일을 하고 있었고, 막내도 어학연수 중에 있었기에 집에 무슨 일이 일어나고 있는지 알지 못했다. 슬픈 예감은 틀린 적이 없다고 누가 말했던가?

11월의 어느 밤, 변함없이 술에 취한 아버지와 어머니의 싸움소리가 바깥에서 들렸다. 나는 꿈쩍도 하지 않고 내 방에서 책을 읽고 있었다. 방문을 열고 순간 아버지가 내 방에 들어왔다. 한 집에 있어도 서로를 투명인간 취급하던 터라 갑작스런 방문은 당황스러웠다. 갑자기 아버지는 나에게 그 동안 미안했다며 사과하는 의미로 악수를 하자고 했다.

이건 뭐지? 서른 해를 살아오면서도 한 번도 느껴보지 못했던 아버지의 손을 어색하게 잡았다. 어색함이 채 사라지기도 전에 아버지는 나에게 A4용지

한 장과 모나미 볼펜 한 자루를 주며 말했다.

"지금부터 내가 하는 말을 적어라. 니 이름을 적고 니가 아버지의 빚을 갚는다고 각서를 쓰고 밑에 니 주민번호랑 도장 찍어"

그 짧은 찰나의 순간, 내 마음 속에서는 저런 게 아버지라고? 사과라는 걸 잘못 배웠군. 그래! 너는 나와 여기서 정말 끝이다.

나는 아무 말도 하지 않고 가만히 서 있었다. 아버지는 내일 아침까지 적어서 안방 문 앞에 갖다 놓으라고 말하고선 나가버렸다. 다음 타자는 어머니였다. 내가 아무 말도 하지 않고 있자, 그게 뭐라고 그냥 적기만 하면 사채업자들이 기다려 줄 거라고 했다.

나는 인당수에 몸을 던진 심청이를 효녀라고 생각하지 않았다. 그리고 심봉사는 좋은 아버지라고 생각하지 않았다. 어린 시절 그 이야기를 읽으면서도 분노했었던 나는 심봉사가 정말 나쁜 사람이라고 욕하던 아이였다. 눈뜨려고 딸을 팔아버린 생각 없는 사람을 불쌍하게 썼던 그 전래동화를 나는 다시는 읽지 않았다.

순간, 나는 이 세상에 왜 태어났을까? 라는 아주 근원적인 문제를 생각하기 시작했고 다음 학기 대학원 등록금과 생활비를 머릿속으로 떠올렸다. 그동안 내가 공부하고 생활했던 모든 것이 날아가고 드라마나 영화에서처럼 나는 신체포기각서를 써야할지도 모르고 장기를 떼내야 할지도 모른다는 생각에 꼬리를 무는 시나리오는 밤새 계속되었다.

그렇게 고민을 하고 창밖을 보니 보름달이 환하게 보였다. 어디서 용기가 났는지 모르겠지만, 나는 옷을 입기 시작했다. 아주 얇은 티셔츠를 여러 겹 겹쳐 입고 얇은바지를 입고 그 위에 통이 큰 바지를 껴입었다. 가디건을 입고 그 위에 패딩도 입었다. 책장에 있던 전공 책을 가방에 쑤셔 넣고 내가 들 수 있는 모든 힘을 모아 그렇게 지옥 같은 집을 빠져나왔다.

세상의 모든 부모가 부모답지는 않다는 걸 알고 있다. 부모도 불완전한 사람이고 개인이 가진 역사가 그를 만들었을 것이라는 것도 안다. 그럼에도 불구하고 우리는 부모라면 자식을 사랑으로 보듬고 힘들 땐 언제라도 기댈 수 있는 든든한 자리가 되어주어야 한다는 것도 알고 있다.

그들에게 엄청난 사랑과 보살핌을 기대했던 건 아니었다. 그저 다른 친구들처럼 나도 보통의 가정에서 살고 싶었는데, 나와는 거리가 먼 기대였나 보다. 타의에 의한 것이었지만, 나는 그렇게 건강하지 못한 부모와 분리가 되었고, 본격적인 홀로서기가 시작되었다.

지금도 모나미 볼펜을 보면 그 때의 기억이 나곤 한다. 모나미 볼펜을 내게 주며 각서를 요구한 그는 지금 이 세상에 없다. 그래서 사과를 요구할 수도 없다. 나는 그립지도 않고 후회스러움도 없다. 그냥 살아있다면, 그 때 나에게 꼭 그렇게 밖에 할 수 없었는지 묻고 싶을 뿐이다.

아니, 그조차 부질없다. 사과를 할 사람도 아니고 자신의 잘못을 진심으로 인정할 사람도 아니라는 걸 알고 있기에.

호의와 권리

일을 할 수 있다고 생각한 이후부터 거의 쉬지 않고 일을 했다. 대학을 졸업하기도 전에 일을 시작했고, 그 일은 계속되었다. 넉넉하지 않았지만, 나는 돈을 모으고 미래를 설계하기 시작했다. 그럼에도 불구하고 돈을 모으는 일은 쉽지 않았다. 돈은 정말 눈이 있는 것처럼 모였다 싶으면 나가고 나간 돈은 다시 내 손에 들어오지 않았다.

공부와 일을 병행하면서 언제나 시간과 돈은 부족했다. 그 때 소원은 돈 걱정 없이 책을 사고, 하루를 오롯이 나를 위해 쓰고 싶었다. 대학원을 가기 위해 모아 두었던 돈은 사라져버렸고, 다시 몇 년을 더 모아 대학원을 가게 되었을 때 막내 동생은 군대를 다녀와 일 년을 휴학하고 돈을 조금 모아 호주로 어학연수를 떠나게 되었다. 우리 집 형편에서 신기루와 같았던 일들이 일어나고 있었다.

고등학교도 못갈 뻔 했던 나는 독한 년, 지 잘난 맛에 사는 년이란 온갖 비난과 욕을 들으며 대학원에 갔지만, 동생은 달랐다. 동생이 제대 후 휴학을 하고 이런저런 아르바이트를 하면서 아주 조금 모은 돈으로 어학연수를 간다고 했을 때 동생의 부모는 "그래, 남자라면 꿈이 있어야지. 가서 열심히 공부하고 와."라고 격려했다. 내가 대학원 간다고 했을 때와는 너무나 다른 반응이었다. 많이 익숙해졌다고 머리로는 생각했었지만, 가슴은 서운함에 감정이 올라왔다.

동생이 어학연수를 가기에는 많이 부족한 돈이었지만, 동생은 가겠다고 고집을 부렸고 나는 나처럼 대출인생이 될까봐 쌈짓돈을 보탰다. 그렇게 몇 년을 모은 나의 쌈짓돈은 동생의 학비에 들어갔다. 동생은 나에게 정말 고맙다며, 취업해서 갚겠다고 했다. 나는 그런 거 필요 없고 몸 건강히 잘 다녀오란 말로 격려했다.

그리고 어학연수를 가서 아르바이트를 하던 동생은 생활비가 부족하다며 국제전화를 걸어왔다. 그렇게 매달 1일이 되면 동생 통장으로 입금을 하게 되었다. 내가 받는 월급으로 대학원 학비와 동생의 생활비는 부족했다. 장학금을 받아도 책값이며 교통비며 기타비용들은 꽤 들어갔었다. 나는 옷 한 벌도 화장품 하나도 사는 것에 손을 벌벌 떨었다.

그 시절 유행하던 미니 홈피에 동생의 미니 홈피가 각종 여행사진과 새로운 맛집 사진으로 빼곡하게 채워질 때, 나는 동생 아버지가 쓴 사채 빚을 갚으란 각서를 쓰지 않고 가출을 하게 되었으니 삶은 아이러니 그 자체였다.
집을 나왔지만, 동생의 생활비는 계속 보냈다. 그렇게 일 년을 꼬박 보내고 나니 동생은 나머지 일 년은 본인이 알아서 하겠다고 했다. 동생은 그렇게 2년을 어학연수를 하고 돌아왔다.

어학연수를 다녀온 동생은 복학을 하고 공부를 하겠다며, 자격증학원과 원어민 영어학원을 다녀야겠다며 다시 내게 도움을 청했다.

지난 일 년 동안 모아두었던 돈이 다시 물이 새듯 나가기 시작했다. 동생은 평소엔 연락이 없다가 생활비가 떨어지면 나에게 전화해 취업 후 모두 갚겠다고 했다. 나는 밀양쌀집에서 맛보았던 없는 자의 모멸감과 수치심이 어떤 것인지를 너무도 잘 알기에 그냥 열심히 하라고만 했다.

몇 년 후 동생이 졸업을 하고 취업을 하게 되었다. 이름만 대면 아는 외국 계회사로 말이다. 나는 뿌듯함과 벅찬 감정을 느꼈다. 마치 내 자식이 취업을 한 것처럼. 다섯 살 때부터 그 아이의 똥 싼 기저귀를 손을 불며 빨았는데 취업이라니. 감격스러웠다.

동생은 차츰 연락이 줄어들었다. 그렇게 우리의 관계도 끝을 향해 달려가고 있었다. 동생은 빚으로 인해 집이 없어지고 단칸방으로 부모가 이사를 가도 어떤 반응도 보이지 않았다. 동생의 연봉이 올라가면서 소형차는 중형차로 바뀌었고 원룸에서 아파트로 업그레이드 됐지만, 우리가 만나는 횟수나 연락을 하는 일은 더 줄어들었다.

그렇게 시간이 흘러 내가 결혼을 하고 난 후, 동생이 내게 연락을 했다. 내가 결혼을 하고 나서 내가 동생의 부모에 대한 경제적인 모든 도움이 끊자, 동생의 부모는 동생에게 손을 내밀었나 보다. 그는 내게

"누나가 원래 하던 건데, 왜 지금 내가 이걸 해야 돼? 내 여자 친구가 나한테 뭐라 하는 줄 알아? 내가 개룡남이래! 개천에서 용 났다고 말이야. 누나가 삼십 년 넘게 했으면 계속 하면 안 돼?"

내 목구멍에서 불이 쏟아 올라왔다. 나는 가라앉은 목소리로 얘기했다.

"야, 이 새끼야. 니가 몇 년을 했어? 몇 달을 했어? 그 집구석에서 나는 삼십 년을 넘게 착취와 학대를 당했다. 그 때 너는 모르는 척 했지만, 다 알고 있었 겠지. 그리고 이 새끼야. 잘 들어. 하기 싫으면 하지 마. 그런데 나한테 최소한의 예의란 걸 갖춰야지. 미안하다고. 누나가 이렇게 힘든지 몰랐다고. 미안하다 고. 공부하는 거 도와줘서, 취업할 때까지 도와줘서 고마웠다고. 단 한마디라 도 해야지 이 새끼야. 한 마디만 더 한다. 건강하지 못한 가정이 돌아가는 건 누군가의 희생이 있었기 때문이야. 나쁜 새끼. 너하고는 여기까지다."

그렇게 동생과의 인연은 끝이 났다. 호의가 계속되면 권리라고 생각하는 사람들이 많다. 다른 누구보다 가족이라고 생각했었던 사람들은 모두 나를 호구라고 생각했었던 것 같다. 삶은 잔인했다. 누구보다 나에게 잔인한 시간 과 공간을 던졌다.

살면서 일을 하다가도 관계에서나 사람들에게서 상처받는 일들은 종종 일 어난다. 나는 그런 일들에 쉽게 상처를 받지 않는다. 삼십년을 넘게 예방주사 를 아주 혹독히 맞아서 내 가슴과 머리는 지나친 방어력을 갖추고 있기 때 문이다.

그럼에도 너무 힘들 땐 생각한다. 별 거 아니다. 이것쯤은. 부모와 형제에게 서 느낀 배신감에 비하면 이건 옷에 묻은 먼지를 털 듯 아무 일도 아니다.

누구도 나에게 상처를 주지 못한다. 내가 그들에게 허락하지 않았으므로.

첫 적금

대학 때 하던 아르바이트가 아니라 직장을 갖게 되면서 목돈을 어떻게 모을까 고민을 했었다. 적금을 넣고 입출금이 가능한 예금도 넣어야지! 행복한 고민에 빠져 있을 즈음, 나의 어머니는 나에게 새로운 명령을 했다.

월급을 받으면 한 푼도 쓰지 말고 집으로 가져오라는 것이었다. 왜냐고 물었더니, "니가 잘나서 그 돈 받냐? 지금까지 먹여주고 재워주고 키워줬으면 돈을 내야지!"라고 했다. 드라마에서나 보던 새어머니 같은 사람은 현실에도 있었다.

그렇게 내 월급은 내가 알지도 못하던 어머니 친구 보험회사에 들어갔다. 마음 같아선 집을 당장이라도 뛰쳐나가고 싶었지만, 몇 년 후에 대학원을 가기 위해선 돈을 아껴야할 것 같았다. 집을 나가 고시원에서 살면 돈을 모을 수가 없을 것 같은 불안함이 밀려왔다. 불행이란 항상 꼬리표처럼 내 몸 구석구석에 붙어 있었나보다.

시간이 흘러 2년이 지났다. 5년짜리 적금이 만기가 되려면 아직 남았다. 시간이 더디 흘렀다. 어느 날 저녁, 집에 들어섰을 때 집안은 온통 고기 냄새로 가득했다. 나는 집에서 밥을 먹지 않았으므로 별다른 반응 없이 내 방으로 갔다.

그러자, 평소엔 날 아는 척도 하지 않는 아버지가 와서 고기를 먹으라고 했다. 나는 밖에서 먹었다고 했다. 옆에 앉아 고기를 굽던 어머니가 얘기했다.

"오늘 니 적금 깼다. 집에 돈이 없을 땐 보태야지."

내 적금으로 저 고기를 굽고 있었던 것이다. 화가 났지만, 이젠 화를 참지 않아야 할 때였다. 나는 죽을 힘을 다해 말했다.

"다음 달부턴 내가 내 돈 모을 거니까 더 이상 달라고 하지 마."

어머니는 "저 년, 지 잘난 맛에 사는 년. 니가 얼마나 잘났어. 대가리 나쁜 년이 대학물 먹었다고 부모를 무시해? 니가 얼마나 잘 사는지 보자."

그렇게 나의 첫 적금은 내가 알지도 못하는 사이 공중분해 되었다. 그 동안 나는 나를 위해 쓴 것이 없는데 말이다. 나는 2년의 노동이 소고기 기름 냄새가 빠지기도 전에 의미 없다라는 것을 알았다.

슬픈 속담

▼

　나른한 오후, 라디오를 듣는데 DJ와 게스트가 사연을 소개하며 슬픈 속담에 대해 이야기했다. 우리나라 속담엔 참 슬픈 속담이 많다고. 예를 들면, 이런 거다. '소 잃고 외양간 고친다.' 소를 잃고 넣을 소가 없는데 외양간을 고친다니 이런 슬픈 속담이 어딨냐며 말이다. 그 말에 공감도 하고 웃기기도 하고 마치 내 옆에서 수다를 떨 듯 라디오에 빠져들었다.

　여러 말 끝에 나온 말은 '쌀 떨어지니 입맛 돈다.' 쌀이 떨어졌는데 입맛이 도니 이 얼마나 슬픈 일이냐고. DJ와 게스트는 웃었지만, 나는 머리를 돌덩이로 맞듯 쿵 내려앉았다.

　그 때는 스무 살이 넘었을 때였다. 아침은 굶고 점심과 저녁은 밖에서 먹었던 터라 집에서 밥을 먹는 일은 거의 없었다. 그 시절엔 아르바이트로 과외도 했었던 터라 여기저기서 밥이든 간식이든 얻어먹고 다녔었다.

　여름방학이 시작되고 과외도 쉬어서 모처럼 일찍 집에 들어갔다. 아침도 굶고 점심도 굶어서 그날따라 배가 고팠다. 나는 어릴 때부터 많이 굶어서 굶는 것 하나는 자신 있었는데 그 날은 무슨 일인지 배가 고파 집에 들어서자마자 밥솥에 뚜껑을 열었다. 밥솥엔 딱 한 주걱만큼의 찬밥이 있었다. 그

밥을 그릇에 담자 작은 밥공기의 절반정도가 찼다.

냉장고에서 쉰내가 가득한 김장김치를 꺼내 밥과 먹었다. 반찬이라곤 그것 밖에 없었지만 배가 고파서인지 먹을 만했다. 먹은 그릇을 씻고 누가 먹을지 모르지만 다음사람을 위해 밥을 하려고 쌀통에 뚜껑을 열었는데… 아… 쌀이 없다. 쌀이 완전 떨어졌다.

갑자기 큰 죄를 지은 것처럼 나는 당황스러웠다.

그리고 어색해졌다. 이 시간에 집에 있다는 것이 너무 어색해서 어쩔 줄을 몰랐다. 마치 있으면 안 되는 장소에 있는 듯이 말이다.

나는 다시 가방을 메고 도서관으로 갔다. 백 원짜리 자판기 커피를 마시자 세상을 다 얻은 것처럼 편안해졌다. 그래, 집은 아니다. '내가 있어야 할 곳은 집이 아니다'라고 합리화하듯….

커피가 식기도 전에 전화가 왔다. 저장되지도 않은 번호라 받기 싫었지만, 얼떨결에 받았다. 전화를 받자마자 천둥 같은 목소리가 "이년아, 니가 내 밥 먹었냐? 밥을 쳐 먹었으면 밥을 해 놔야 할 거 아니야!"

내가 쌀이 없었다고 말하기도 전에 전화는 뚝 끊겼다. 황당하고 화가 나고 나는 들고 있던 커피를 마시며 부들부들 떨었다. 다시 전화가 왔다. 이번엔 어머니였다. 어머니는 "평소엔 먹지도 않는 밥을 왜 오늘 쳐 먹고 난리야! 니 아빠 배고프면 짜증내는 거 몰라!"

그렇다. 나는 큰 잘못을 했다. 평소엔 먹지도 않는 집 밥을 먹은 죄! 어쩌면 나는 그 집에서 찬밥에 쉬어빠진 김장김치 몇 조각조차 허락되지 않은 불청객 같은 존재인지도 모른다. 그 날 이후 나는 집에서 밥을 먹지 않았다.

상처가 아물려면 시간이 지나야 한다. 내가 살던 그 집은 한 사람이 상처를 주고 다른 사람이 그 상처가 아물기도 전에 소금이나 고춧가루를 뿌려댔다. 그 상처들은 굳은살이 되고 흉터가 되어 마음속에 온몸에 곳곳에 자리했다.

잊고 있었던 일이 라디오를 들으며 떠올랐다. 그리고 어른이 된다는 건 부모가 된다는 건 어떤 의미일까를 생각했다. 아니 그것조차도 필요 없다. '그냥 누군가를 존중하고 있는 그대로 받아준다는 건 많이 어려운 일인가?'를 생각했다.

나는 내 아이가 오물오물 먹는 모습만 봐도 행복하고 모든 근심과 걱정이 사라지는데, 그들은 내가 먹는 것 하나에도 그렇게 야박하게 해야만 했을까?
누군가가 그랬다. 그 사람의 살아온 성장배경과 상황들을 고려해야 한다고. 모든 걸 고려하고서도 용서가 안 된다. 꼭 그래야만 했을까? 하고 말이다.

다만, 내가 그들처럼 내 아이를 키우지 않음에 다행이라고 그나마 인간답게 살고자 노력할 수 있어서 좋다고 억지로 말하고 싶진 않다. 당연한 것이 너무나 대단한 것처럼 느껴지는 나의 바닥까지 내려간 감정들을 끌어올리는 것이 내 삶의 과제인가!

아, 슬퍼지려 한다. 밖에 나가서 자판기 커피 한잔 마셔야겠다.

치매와 본능사이

▼

어릴 때부터 사랑을 많이 주셨던 외할머니는 치매로 다섯 달을 고생하시고 어느 더운 여름날 돌아가셨다. 외할머니의 증상을 알고 있었기에 그렇게 놀랍지는 않았고, 다만 삶이 참 허무하다는 생각을 했었다.

돌아가시기 한 달 전쯤 나는 외할머니를 뵈러 혼자 버스를 타고 외가에 갔다. 우리 집과는 버스로 한 30분 정도 거리라 실제거리는 얼마 되지 않았지만 마음의 거리는 멀게 느껴진 일이 그 때쯤 일어났다.

외가에 도착해서 대문을 열고 들어가 작은 방에 도착했을 때 외할머니는 혼자 우두커니 앉아계셨다. 외할머니는 나를 보시며 "니가 누구냐?"라고 하셨다. 눈물이 쏟아질 것 같았지만, "할머니, 저에요. 외손녀요. 기억안 나세요?"

외할머니는 정말 기억나지 않는 듯 했다. 그렇게 이런저런 과거를 붙잡고 있을 때 외숙모가 거실에서 "니 외할머니니까 니가 데려가서 살아. 나도 이젠 이렇게 못살아. 벽에 똥칠하고 이게 사람 사는 거냐."

그렇다. 외할머니의 방 벽엔 여기저기 똥 묻은 자국과 음식물이 튄 자국이,

도배종이의 일탈처럼 느껴지는 흔적들이 있었다. 마음속에서 송곳이 바깥 살들을 찌르는 기분이 들었다.

내가 알던 외숙모는 천사와 같은 사람이었다. 언제나 밝은 미소로 나를 맞 아주시고 집에서 하던 대로 습관처럼 밥 먹고 난 뒤 설거지를 할라치면 "외 갓집에선 그런 거 안 해도 돼. 어린 게 얼마나 했으면 습관이 돼가지고" 하시 던 분이었다. 나는 어린 시절 세상에서 제일 부러웠던 사람이 외사촌 동생이 었다. 그렇게 다정한 엄마랑 살면 참 행복할거라 생각했었다.

외숙모는 변함없이 좋은 엄마였지만, 좋은 며느리는 벗어난 것 같았다. 내 가 과거의 외숙모와 변화된 외숙모의 모습에서 잠시 당황하는 사이, 외숙모 는 쇼미더머니의 래퍼처럼 외할머니의 치매증상과 자신이 얼마나 힘든지를 나에게 얘기하기 시작했다. 외숙모도 힘들었을 거라고 생각했다. 그럼에도 불 구하고 내가 든 또 다른 생각은 내가 있을 때 저 정도면, 아무도 없을 때 우 리 외할머니 참 힘드시겠구나. 하는 생각이었다.

그 시절엔 요양병원도 요양원도 그렇게 많지 않았고 치매에 대한 정보나 대처도 많이 미흡했었다. 그 모든 걸 감안하고서라도 나는 외숙모를 용서할 수가 없었다. 그렇게 외가를 나와 다시 집으로 돌아온 후, 한 달 뒤 외할머니 가 돌아가셨다.

다른 집들처럼 그 더운 여름에 좁은 마당에 천막을 치고 장례가 시작되었 다. 나는 문상객들에게 식사를 나르는 역할을 했다. 끝도 없이 나오는 설거지 는 참 좋았다. 아무 생각 없이 이 슬픔을 가두는 효과가 있었다.

나는 외할머니가 돌아가시기 한 달 전에 외숙모가 나에게 퍼부었던 만행을 누구에게도 말하지 않았다. 내 마음속에 봉인해 버렸다. 판도라의 상자엔 그렇게 상처 하나가 추가되었다. 그렇게 시간이 흘러 장례가 끝나고 모든 형식들이 외할머니의 흔적과 함께 사라졌다.

외숙모는 장례가 끝날 때까지 누구보다 서럽게 울었고 외할머니의 죽음을 슬퍼했었다. 그것이 연기인지 진심인지 나는 알지 못했지만, 한 가지 알 수 있었던 건 사람이 힘들면 바뀐다는 것을 알게 되었다. 아니, 그 시절 외숙모보다 더 나이가 든 지금은 안다. 바뀐다는 것이 아니라는 것을. 사람이 정말 힘들 땐 본 모습이 나온다는 것을 나는 안다.

넉넉하지 않은 살림에 치매 시어머니를 모신다는 것이 쉬운 일은 아니었다는 것을 안다. 그래도 화풀이를 할 대상을 잘 못 고른 것 같다. 나는 가끔 나의 시어머니가 외할머니처럼 저런 모습이라면, 내가 시누이의 아이들, 조카들에게 그럴 수 있을까?를 상상해 보곤 한다. 아니다. 아이들에게 그렇게 하는 건 아닌 것 같다.

그건 내가 선한마음을 가졌다거나 희생적인 사람이라는 것이 아니다. 다만, 그건 아닌 것 같다.

외할머니 냄새가 그립다.

쌕쌕 한 캔

▼

중학교 1학년 3월이 되고, 얼마 지나지 않아 가정방문이란 행사가 시작되었다. 담임 선생님이 각 가정을 방문하며 가정환경을 살피는 것이었다. 지금은 사라졌지만, 그 시절엔 당연한 것으로 생각되었다. 집을 방문하는 선생님도 집을 오픈해야 하는 집들도 당황스럽고 신경 쓰이는 절차였지만 말이다.

동네별로 묶어서 가까운 집들을 방문하는데, 내가 그 다음 친구 집까지 선생님을 모셔야 하는 그런 순서였다. 내가 살던 집은 그 때도 반 지하였다.

선생님은 오시기로 한 시간보다 30분 정도 지체되어서 오셨다. 나는 선생님을 만나기로 한 장소에서 40분을 넘게 서서 노란색 택시가 올 때마다 뛰어갔다가 다시 걸어오기를 반복하고 있었다.

겨우 선생님을 만났고, 나는 신학기라 아직 친하지도 않은 선생님과 집으로 들어섰다. 반 지하에 들어서서 선생님은 여기저기를 보셨고, 공부방이 어 딨냐고 물으셨다. 나는 딱히 공부방이 없었으므로, 그저 동생들과 같이 쓰는 방문을 열었다. 선생님은 방으로 들어서지 않고 반 지하에 서서 보시고 그 다음 집으로 가자고 하셨다. 나는 가정방문 전날, 어머니가 선생님께 드리라고 사 놓은 쌕쌕 한 캔을 선생님께 내밀었다. 선생님은 드시지 않고 그냥 나가셨다.

다음 친구 집은 우리 집에서 걸어서 얼마 되지 않았지만, 선생님은 택시를 타고 가자고 하셔서 택시를 타고 친구 집에 도착했다.

그 친구와 그렇게 친할 기회가 없어서 어색했지만, 선생님보단 가깝게 느껴졌다. 친구 집은 이층 양옥집이었는데, 복층구조로 되어 친구의 2층 공부방에 친구와 나와 선생님이 들어섰을 때, 나는 처음으로 침대와 피아노와 소파가 있는 친구 방을 보고 말았다. 선생님은 친구의 이름을 부르며, 공부방이 참 좋다고 말씀하셨다.

친구 방을 보고 일층으로 내려왔을 때 친구의 할머니께서 쟁반에 음료수를 꺼내서 선생님께 권했다. 쌕쌕 이었다. 선생님은 감사하다며 맛있게 드셨다.

나는 생각했다. 선생님이 쌕쌕을 드신 건 친구 할머니가 권해서 일거라고. 공부방 때문이 아니라고. 반 지하라서 안 드신 건 아니라고 말이다.

선생님은 수학선생님이셨다. 나는 초등학교 때 나름 수학에 자신이 있던 터라 수학이 재미있었다. 중간고사를 치기 전 반에선 쪽지시험이 진행되었다. 이른 바 예비테스트인 셈이었다. 나는 어렵지 않게 시험을 쳤다.

선생님은 쪽지시험지를 책상위에 놓게 하고 교실을 지나며 점수들을 보고 계셨다. 내 자리 옆을 지나시며 선생님이 말씀하셨다.

"너는 누구 거 보고 적었어?" 나는 황당해서 아무 말도 할 수 없었다. 모든 친구들의 시선이 나를 향했다. 나는 순식간에 컨닝을 한 아이가 돼 버렸다. 그렇게 한 마디를 던지고 선생님은 지나가 버렸다.

나는 마음속으로 생각했다. 반 지하에 살면 수학을 잘해도 컨닝한 아이가 되는구나. 라고 말이다. 그렇게 나는 선생님이 싫어졌다. 그리고 반 지하에 사는 건 내 잘못이 아닌데…. 가난이 사람을 구질구질하게 한다는 것을 다시 한 번 느낀 날이었다. 현실에서 가난은 성공을 하기 위해 갖추어야 하는 고난의 한 요소가 아니었다. 그것은 영화나 드라마에나 나오는 레파토리 였다. 현실에선 그저 민낯을 보게 하는 요소일 뿐이었다.

그럼에도 불구하고 나는 쉽게 기가 죽거나 눈치를 보며 꾸물대는 아이는 아니었다. 일기장이나 연습장에 나의 불만 가득한 낙서를 끄적거리기도 하고, 누가 뭐라고 하든 쉽게 포기하지 않았다. 어차피 나는 뭘 해도 욕을 먹는 것이 습관이 된 아이였기에 말이다. 태어나서 그 때까지 먹었던 욕들에 비해 학교는 솔직히 비교가 안됐으니까.

상처는 상대적인 것이다. 내 핏줄이 나한테 하는 것과 남이 하는 것은 그 급이 다르다. 부모가 준 상처에 비해 선생님이 준 상처는 크지 않았다. 그렇다고 상처가 안 되는 건 아니다. 상대적으로 파급효과가 적다는 것이다. 크든 작든 상처는 됐다.

판타롱 스타킹

요즘은 김영란법으로 스승의 날이 되어도 카네이션 한 송이도 선생님께 보내기가 어렵지만, 1980년대만 하더라도 스승의 날이 되면 작은 것이든 큰 것이든 선생님의 선물을 들고 가곤 했었다.

우리 집은 가난했지만, 스승의 날이 되면 시장에서 사 온 양말을 포장지에 싸서 가져가곤 했었다. 초등학교 3학년이 되었을 때 처음으로 여선생님이 담임 선생님이 되었다. 그 전까지 당연히 양말이었는데, 그 해는 처음으로 어머니가 시장에서 사 온 판타롱 스타킹이었다. 스타킹과 같은 이름이 써진 습자지 포장봉투에 판타롱 스타킹을 포장해서 학교에 가져갔다.

스승의 날이 되자, 교탁위에는 대부분의 아이들이 가져와서 올려놓은 선물들로 쌓여 있었다. 나도 선물을 올려 두었다. 잠시 후, 수업 종을 알리는 종이 울리자, 위아래를 같은 색으로 입은 할머니선생님이 들어왔다. 담임 선생님이었다. 감색 바지 정장을 입은 선생님은 평소와는 다르게 웃음기 띤 얼굴로 교탁에 섰다.

선생님은 선물을 하나씩 들며 아이들의 이름을 불렀다. 그리고 선생님 수

첩에 뭘 적었다. 아마도 아이 이름과 선물 목록이겠지. 드디어 내 이름이 불렸다. 선생님은 선물을 뜯어보지도 않고, "이거 스타킹이지? 그래."

선생님은 내 이름을 수첩에 적지 않으시고, 다음 친구이름을 불렀고, 그 친구 이름을 내뱉으며 "엄마한테, 고맙다고 전해라." 하셨다.

판타롱 스타킹은 나 말고도 여러 명이 가져왔다. 그 친구들도 이름이 적히지 않았다. 그렇게 알았다. 판타롱 스타킹은 나처럼 존재감이 없다는 것을. 집에서도 학교에서도 나는 존재감이 없었고, 나처럼 판타롱 스타킹을 가져온 몇몇의 친구들도 존재감이 없었다.

몇 년 전에 드라마로 '응답하라' 시리즈가 많은 인기를 모았다. 나는 그 시리즈를 보지 않았다. 내가 살던 그 시절을 다시 떠올리고 싶지 않았기 때문이다. 누군가에게는 애틋함을 누군가에게는 과거의 추억을 가져오는 주제겠지만, 나에게는 열고 싶지 않은 기억의 한 조각일 뿐이다.

나의 과거는 아름답지 않았다. 해서 다시 돌아가고 싶지 않다. 과거의 나는 내가 선택할 수 있는 것이 거의 없었다. 주어진 대로 견뎌내야 했던 시간일 뿐이었다.

정기구독

초등학교 2학년 때 교실이 도서관이었던 탓에 독서습관이 생겼다. 선생님의 지도하에 아침자습 시간이면, 책을 읽고 점심시간에도 읽고, 틈틈이 읽었던 탓에 책 읽는 속도도 빨라졌고, 독후감을 쓰거나 글짓기시간도 기다리는 시간이 되었다.

그 시절, 많은 종류의 월간잡지들이 있었다. 보물섬 같은 만화월간잡지부터 어린이문예처럼 글을 써서 발표하거나 책에 관한 안내서도 많았다. 반 아이들 사이에선 잡지를 정기 구독하는 것이 유행처럼 번져갔다.

평소에 떼쓰지 않고 요구하지도 않았던 내가 정기구독을 신청하고자 친구의 잡지 뒤에 있는 엽서를 부탁 끝에 받아들고 집에 간 것은 그 즈음이었다.

나는 엽서에 우리 집 주소를 적고 내 이름을 적고 어머니의 허락이 떨어지기를 아주 조금 기대했었다. 기대는 곧 나의 예상대로 꺾였다.

며칠 후, 학교에서 돌아온 남동생이 가방에서 책을 꺼내 나에게 자랑스럽게 말했다. "누나, 이거 새로 나온 거다."

이번 달 새로 나온 만화잡지였다. 그렇게 동생은 만화잡지를 정기 구독했다. 나는 그 잡지를 보지 않았다. 학교에 가면 다른 친구들도 그 잡지를 들고 학교에 왔기 때문에 보고 싶으면 언제든 볼 수 있다고 스스로 위로하며, 마지막 남은 자존심을 내세우 듯, 보지 않았다.

바비인형도 어린이문에 정기구독도 나에게는 허락되지 않았다. 그 때의 서러움과 이유모를 배신감에 나는 돈을 벌기 시작할 무렵부터 책을 꾸준히 사 모았다. 특히 신간이나 초판에는 홀린 듯이 나의 지갑을 열었다. 학생 때나 직장생활을 할 때도 넉넉한 형편은 아니었지만, 다른 어떤 비용보다 많이 투자한 것 같다. 나는 자랑스럽다. 내가 인터넷서점의 플레티늄회원이라는 것이 말이다. 세상 어디에서도 나는 존재감이 없고 VIP가 아닌데, 그나마 책은 꾸준히 샀나보다.

이번 주말엔 동네서점에 가봐야겠다. 아이가 좋아하는 스티커북과 색칠북을 사 주고, 나 역시 책이 주는 호사스러움을 잠시 만끽하고 싶다. 살면서 행복은 큰 것이 아니라는 것을 배웠다. 동네서점에서 맡는 새책 냄새에도, 믹스커피한잔이 주는 향기로움에도 행복이 배어나온다.

나이가 들어서 좋다. 그렇다고 나이가 들었다고 아픈 과거의 나와 마주하며 전혀 아프지 않은 건 아니다. 단지, 싸한 느낌이 아니라 아프고 난 뒤에 면역력이 생긴 느낌이다.

나처럼 아팠던 사람이 있다면, 지금 아픈 사람이 있다면, 우리 그냥 예방주사를 아주 세게 맞는 거라고 애써 위로하고 싶다. 그 시절 누군가 나에게 지금은 예방주사 맞는 거야. 조금만 견디면 덜 아플 거야. 그렇게 말해주는 사람이 있었다면 조금은 덜 아팠을까? 생각해 본다.

홍시

가끔 어린 시절이나 힘든 학창시절을 떠올리다 보면, 그 어려움 속에서 나를 지탱하게 해 준 힘은 무엇이었을까? 생각하게 된다.

나에게는 무늬만 부모였던 사람들이 있었지만, 근원적으로 나에게 조건 없는 사랑을 주신 분은 할머니셨다. 아련한 기억이 떠오른다. 할머니 냄새를 맡으며 할머니 등에 업혀서 동네를 한 바퀴 돌던 그 날의 기억들이.

동생이 태어나면서 나는 할머니 방에서 먹고 자고 했었다. 할머니가 뇌졸중으로 돌아가시기 전까지 할머니가 부모였고, 친구였었다.

어렸을 때부터 예민하고 자주 아팠던 나는 일주일에 몇 번씩 소아과를 가던 아이였다. 병원을 갔다 오면, 할머니는 입맛도 없고 잘 못 먹던 나를 위해 시장에 가서 커다란 홍시를 사 오셔서 숟가락으로 떠먹여주셨다. 지금도 나는 홍시를 숟가락으로 떠먹으며 할머니의 사랑을 떠올려보곤 한다.

할머니가 떠먹여 주시는 홍시를 받아먹고 있으면 아버지는 "다 큰 년이 지 손으로 먹질 않는다."며 옆에서 욕을 했었지만, 할머니는 "어디 애한테 그따

위로 말해!" 하시며 오롯이 내 편이 되어 주셨다. 그런 기억이 속속 박혀 내 뼈 속까지 할머니의 사랑을 느꼈다. 네 살은 다 큰 아이가 아니었다. 그 아이도 아직 도움이나 챙김이 필요한 나이였지만, 나는 동생이 태어나면서부터 다 큰 아이가 돼 버렸고, 조금만 실수하거나 잘못을 해도 많이 혼이 났었다.

할머니는 딸을 다섯 낳고 난 뒤, 아버지를 낳아서 아버지는 유일한 아들이었다. 그렇게 아들을 낳았지만, 아들을 낳고 백 일이 지날 무렵 할아버지는 갑자기 돌아가셨다고 한다. 할머니는 그렇게 젊은 나이에 홀로 자식 여섯을 키웠다. 6.25전쟁이 나고, 피난생활을 하면서 딸 셋이 세상을 떠났다. 할머니의 삶도 고난과 불행으로 얼룩졌다. 딸 다섯에 아들하나였지만, 아비 없는 자식이라 소리 듣지 않으려고 더 엄하고 독하게 키웠지만, 그럴수록 삐딱하게 나가고 하루가 멀다 하고 아들은 사고를 쳤다.

할머니는 그런 아들과 결혼해서 사는 며느리에게 잘했다. 그리고 그 며느리가 낳은 첫 딸인 나에게도 정말 많은 사랑을 주셨다.

할머니가 돌아가시기 전까지 나는 사랑받고 자랐다. 할머니에게서만 받은 사랑으로 지금까지 잘 버티고 살고 있다고 생각한다. 그 사랑으로 힘이 들거나 삶이 너무 싫어서 포기하고 싶을 때조차 할머니가 내 등을 밀어주듯이 잘 견뎌냈다.

어머니가 나를 임신하고 있을 때, 아버지의 첫 외도가 시작되었다. 어머니는 복수심이었는지 분노의 표현이었는지 약을 먹었다고 한다. 그럼에도 불구하고 어머니는 깨어났고, 나도 뱃속에서 죽지 않고 살았다.

나중에 안 사실이지만, 할머니는 어머니가 약을 먹어서 내가 뱃속에서 잘 크지 못하고 작게 태어나고 장도 약하고 시력도 안 좋다고 생각하신 것 같다. 원래 미숙아들이 시력이랑 장이 약하니 말이다. 그때 내가 세상에 태어나지 않았더라면 얼마나 좋았을까? 란 상상도 많이 했었지만, 할머니의 사랑으로 지금까지 살아서 삶의 과업들을 늦더라도 하나씩 이뤄내고 흑백사진처럼 무미건조했던 내 삶이 다양한 빛깔로 변화되는 걸 느끼는 것도 괜찮다.

힘들 땐 홍시를 먹는다. 숟가락으로 퍼서 할머니를 떠올리며 먹는다. 예전엔 겨울만 먹을 수 있었지만, 요즘은 냉동홍시가 있어서 냉동실에 넣어두고 언제든 꺼내 먹을 수 있다. 내 마음 속에서도 언제든 할머니라는 폴더에서 사랑과 따스함을 꺼내 느껴볼 수 있다. 할머니가 그립다.